怪談禁事録
朝が来ない

営業のK

目次

※本書は体験者および関係者に実際に取材した内容をもとに書き綴られた怪談集です。体験者の記憶と主観のもとに再現されたものであり、掲載するすべてを事実と認定するものではございません。あらかじめご了承ください。

※本書に登場する人物名は、様々な事情を考慮してすべて仮名にしてあります。また、作中に登場する体験者の記憶と体験当時の世相を鑑み、極力当時の様相を再現するよう心がけています。今日の見地においては若干耳慣れない言葉・表記が記載される場合がございますが、これらは差別・侮蔑を助長する意図に基づくものではございません。

漆黒の闇で眠る

睡眠導入用として音楽や朗読などを聴きながら布団に入るという人はそれなりにいるのだろう。

そして、眠る際にはカーテンを閉めるという人もきっと多いのではないだろうか？

確かにできるだけ部屋を暗くした方が熟睡できそうだし、気に入った音声を聴いてリラックスすることは寝落ちしやすい環境を作ってくれるようだ。

しかしそれを知っていても俺は何も聴かず、カーテンも全開にして眠っている。

勿論、それは過去に体験した怪異に起因するものだ。

面白いことに、どうやら俺と同じような怪異に遭遇した方が他にもいらっしゃるようだ。

東京の町田市にお住まいの釜井さんは、二年ほど前に不眠に悩まされた時期があった。

仕事は忙しく、毎日数時間の残業をこなし、帰って来てからも一人暮らしのために家事もやらなければならなかった。

身体が疲れているので、布団に入ると一瞬で眠りに落ちてしまう。

確かにそれまではその通りだった。

いつ寝たのかすら覚えていないほど、目を閉じればすぐに朝がきた。

それなのに突然彼は不眠症に襲われた。

生活の忙しさは何も変わっていないというのに、だ。

布団に入る時刻や枕を変えてみるが全く効果がない。

だからといって病院にまで行くのは避けたい。

彼は必死にネットで睡眠のヒントを探ったという。

すると可能な限り部屋を暗くし、何らかの朗読を聴くとスムーズに眠りに落ちやすいという記事が複数見つかった。

彼は藁にもすがる思いでその方法を試してみることにした。

とりあえず朗読は怪談朗読を選んだ。

怪談は不思議と睡眠導入になるとの意見が多かったからである。

そして部屋には真っ黒な遮光カーテンを買ってきて窓に取り付けた。

ぴったりと閉めれば昼間でも一瞬で部屋の中が真っ暗になるほどの、厚手の黒いカーテンだ。

それらを使って寝た夜、彼はすぐに睡魔に襲われそのまま朝まで一度も目覚めることもなくぐっすりと熟睡できた。

それからは夜眠る際にはＹｏｕＴｕｂｅの怪談朗読と真っ暗な部屋が必要不可欠になった。

ネットに書かれていた通り、怪談朗読を聴きながら眼を閉じているとすぐに眠たくなってきた。

怪談自体の内容は殆ど記憶に残らないが、本当に睡眠の手助けになった。

そして厚手の真っ黒なカーテンを閉めると部屋の中は漆黒の闇に包まれ、全く身動きが取れなくなった。

そのため、布団の中に入ってから部屋の明かりを消す必要があったが完全なる闇は不思議と心を落ち着かせてくれたし、眼が暗闇に慣れるということもなかったからいつまでも心地良い闇に癒やされ、体の力が抜けて落ちていくように眠りに就くことができた。

彼は不眠症の出口を見つけた気がして歓喜したという。

幸運にもそれは短期的なものではなく、それからもかなりの間不眠に悩まされることもなくなり、快適な睡眠で目覚めるのが当たり前になっていった。

が——それもある日突然終わりを迎える。

その日、彼は仕事中に不審な電話を受け取った。

車を運転中に携帯に電話がかかってきたのだ。出てみると女の声で、

「私も暗いところが好き……同じだよ……」

そう言って切れたという。

変な電話だな、と思い発信を確認すると、そこには発信者の名前だけでなく着信があった事実さえ表示されていなかった。

不気味ではあるが、それ以外には特に不可思議なことは起こらなかった。

だからすぐにそのことは忘れてしまい、その日の仕事を無事終えると、久しぶり外食をしてから自宅に帰った。

風呂に入り、ビールを一缶だけ飲んでから翌日に備えて眠ることにした。

いつものように怪談朗読を流し、カーテンをぴったり閉めて部屋を真っ暗にして……。

しかしその夜はいつもとは全く違っていた。

癒やされるはずの闇の暗さが妙に不安を掻き立て、冷や汗ばかりが滴り落ちてくる。まるでこのまま地獄に落ちていくような気がした。

心地良いはずの怪談朗読も恐怖心ばかりを増殖し、頭の中が不安で満たされていく。

彼は我慢できなくなり寝たままの姿勢でオンオフできるようにしてあった照明の紐を引っ張って明かりを点けようとした。

が、なぜか全く反応しなかった。

そうなってしまうと彼の恐怖は限界に達してしまい、起き上がってカーテンを開けようとした。

ところが、身体はビクリとも動かせなかった。

僅かに動かせるのは両の手指だけで、他の部分はどれだけ力を入れてみても全く動かせなかった。

更に追い打ちをかけるように、聞いている怪談朗読に混じりって、奇妙な声までもが聞こえてきた。

「さ……い……らし……すぎ……た……し……ね……」

それは聞き取れないが確かに女性の声だった。

声は次第に大きくなっていき、どう考えてもスマホから聞こえている声とは異質な聞こえ方へと変わっていった。

音の出所が明らかに動いている。声は部屋の中を移動しながら発せられているのだ。

完全なる闇の中を、その声はゆっくりとした足音とともにぐるぐると回り始める。

女の声は大きくなったり小さくなったりを繰り返しながら移動を続けた。

もはや疑う余地はない。間違いなく部屋の中に自分以外の誰かがいた。

一体どうやって部屋の中へ入ってきたのかはわからなかったが、その声からは生きている人間を想像することはできなかった。

つまりは幽霊か何か……しかも悪意しか感じない。

そんな状況の中で、彼はもう絶望しか思い浮かべられるものはなかった。

涙だけがボロボロと流れ出し、体からどんどん力が、いや生気が抜けていく気がした。

するとその刹那、何かが彼の身体を抱き上げるようにして布団から起こさせた。

それはとても冷たい感触で、彼は思わず身震いした。

彼は自分の身体に少しだけ力が入るようになっていることに気付く。

身体を抱き上げている何かを振りほどくようにして彼は布団から立ち上がり、活路を見出そうと窓に駆け寄る。

そして閉め切っていたカーテンを一気に開けた。

窓の外から差し込む光が彼を助けてくれるはずだった。

夜とはいえ外からは月の光や街灯の明かりが差し込んできてくれるはずだった。

しかし、カーテンを開けた瞬間、彼は「えっ？」声を漏らし、そのまま絶望の淵へと叩き落とされた。

窓の外には何もない漆黒の闇だけが広がっていた。

そして彼の意識はそこで途切れたという。

朝になり目覚めた彼は、部屋の中がベッタリとした湿気で覆われ、畳の上には小さな濡れた足跡が無数に残されていることに気付いた。

そんな怪異に遭遇して以来、彼は怪談を聴くことも、カーテンを閉めて寝ることも一切やめた。

逆にテレビを点けたまま、明かりも点けっぱなしで寝るようになった。

確かに寝不足にはなるが、あの夜の怪異に再び出遭うのは絶対に避けたかったのだ。

けれども、どうやら彼の身体には既に印が付けられてしまっているようなのだ。

彼の眼の下にはそれまでにはなかった黒い痣がはっきりと浮かぶようになった。
そしてどこにいても暗い場所に行くと、あの女の声が聞こえてくるそうだ。
「さ……い……らし……すぎ……た……しね……」と。

子守歌

ねんねんころりよ　おころりよ
ぼうやはよい子だ　ねんねしな
ねんねの子守りは　どこへ行った
あの山こえて　里へ行った
里のみやげに　なにもろた
でんでん太鼓にしょうの笛
起きゃがりこぼしに　ふり鼓
起きゃがりこぼしに　ふり鼓

愛媛県にお住まいの戸上さんが子守歌と聞けば真っ先に思い浮かぶのがこの歌だ。

しかし、それは彼女がこの歌を好きという意味ではなく、忌み嫌っているからだ。聞く度に悪寒が走り、あの頃の恐怖が蘇ってきてしまうからなのだという。


彼女が生まれたのは今から三十年ほど前。

しかし物心ついた頃には両親は離婚しており母親によって女手一つで育てられていた。

だからといって身を寄せ合うようにべったりと甘えられる生活ではなかった。

保育園に通っていたが母親の迎えはいつも最後で、居残りの先生一人に絵本を読んでもらっているとようやく母親が迎えに来るという感じだった。

そんな状況での迎えでも母親はいつも心ここにあらずといった虚ろな表情で、彼女に対しても先生に対しても事務的だったのをよく覚えているという。

女手一つで子供を育てることがどんなに大変か、今なら彼女も理解できるし、きっと仕事で疲れ切っていたのだろうと思いたいが、それでもお迎えの際に見せる母親の冷たく乾ききった作り笑顔が当時は怖くて堪らなかった。

また自宅アパートまで帰る五分ほどの道のりでも彼女はいつも孤独を感じていた。

彼女の手を掴んだ手は冷たく硬かったし、何を話しかけても無言のまま相槌さえ打ってはくれない母親が怖くて、ずっと地面だけを見つめながらトボトボ歩いていた。

だからといって彼女は母親が嫌いだったわけではない。

そんな母親でも彼女が布団に入る時だけはとても優しかった。

彼女はいつも午後八時頃には眠ることに決められていた。

本当はもっと起きていたいという気持ちもあったが、母親はそんなワガママを許してはくれなかった。

ただ寝る前の母親はとても優しく、寂しさは微塵も感じなかった。

母親はいつも添い寝して、子守歌を唄いながら彼女の身体をポンポンと優しく撫でるように叩いてくれた。

いつもは冷たさしか感じない母親の手から温もりが伝わって来て、心まで温かくしてくれたから、いつも幸せな気持ちで眠りに落ちることができた。

もっと子守歌を聞いていたかったが、温かい幸せの中にいるとすぐに眠気に襲われ起きていられなくなるのがいつも悔しくて仕方なかった。

そうして眠りに就いた後、ふと目を覚ますといつも横で母親が眠ってくれていた。

それを見て安心して再び眠りに就くのが日課になっていた。

しかしある夜のこと、夜中に目を覚ますと横で寝ているはずの母親の姿が見えなかった。

小さな声で母親を呼ぶが返事もなく、母親が布団に入ってくることもないまま朝になった。

それからである。

……いつもの夜と全てが変わってしまったのは。

母親はこれまでと変わらず、彼女が布団に入る時には一緒にいてくれた。

しかし添い寝はしてくれず、子守歌も唄ってくれなくなった。

正座したままじっと彼女を見下ろし、冷たい視線を送り続けてくるだけ。

彼女はその視線が怖くて仕方なかった。

だからいつも早々に寝たふりをするようになった。

そうしていれば母親は部屋から出ていってくれたから。

しかし恐怖はそれだけでは終わらなかった。

しばらくすると母親が玄関の鍵を閉めて家から出ていく音が聞こえ、それと入れ違いにスーッと襖が開いて部屋の中に入ってくるモノがいた。

それは白髪の老婆だった。

いや、白いのは髪の色だけでない。顔や手も白粉《おしろい》を塗ったように真っ白な老婆が、彼女の三倍もありそうな背丈に白い着物を着てずるずると近づいてくる。

老婆はそのまま彼女の布団の中へ入ってきて、添い寝をしながらあの子守歌を唄いだした。

ねんねんころりよおころりよ……。

しかし、その子守歌には歌の最後に呪文のような文言が付け加えられていた。

その言葉は、

「おろうか　しめようか　いらぬこのくびはしめてしまえ」

そう言っているようにしか聞こえなかった。

当時の彼女は言葉の意味まではわからなかったが、その言い回しがとても怖かったので、必死に寝たフリを続けていた。

細くて硬い、冷たすぎる手足が彼女の身体を包み込むように動き、不必要に音程が上下する子守歌を延々と聴かされ続けた。

恐怖だけが充満した部屋で眠れるはずもなく、ガタガタと震える自分の身体を老婆に悟られないようにするだけで精一杯だった。

そんな状態では一睡もできないと思っていたが、不思議なことにいつも彼女は知らぬ間に眠りに落ちていた。

気が付くと朝になっており、知らないうちに帰宅していた母親が起こしに来た。

その時にはもう老婆は消えており彼女は母親に泣きつくこともできなかった。

いや、実は一度は母親にその老婆のことを話してみたのだが、その時見せた母親の含み笑いが怖すぎて、それ以来は一切口にしないようにしていた。

幼い彼女がそんな生活を送っていたのだからきっと過大なストレスを感じていたのだろう。身体を壊した彼女はそれから間もなく小児科病棟に入院することになった。

幼い彼女にとってはそれもまた大きなストレスになっていたのは間違いない。

しかし母親は入院と退院の際に顔を出しただけで、一度も見舞いに来ることはなかった。

その代わりに……病室にもあの老婆が毎晩やって来た。

気付けば天井に貼りついていたり、部屋の隅に立っていたり、彼女がそれに気付いた瞬間、物凄いスピードで彼女のベッドに潜り込んできては添い寝をして子守歌を唄い続けた。

顔を近づけ彼女の顔をニヤニヤと舐めるように見つめながら首を縦に振り続けた。

「もうすぐだ、もうすぐだね」と呟きながら。

そのことをどれだけ訴えても同室の患者や看護師は不思議そうな顔をするだけ。

いつしか彼女はその老婆が自分にしか見えていない幽霊なのだと気付いたという。

その老婆が何モノなのかということや何をしているのかはわからなかったが、夜はもう彼女にとって恐怖の時間でしかなくなった。

老婆はそれからも現れ続け、彼女の母親が六歳の時に急逝し、親戚の家で暮らすようになってからもずっと彼女の傍にいた。

そして現在。

子守歌というものに怖い記憶しか持っていなかった彼女も、結婚して一人娘に恵まれた。

とある理由で夫と離婚した彼女は女手一つで幼い娘さんを育てている。

毎日遅くまで働いて幼い娘さんを保育園まで迎えに行く。

それでもどんなに疲れていても添い寝と子守歌だけは欠かさない。

「おろうか　しめようか　いらぬこのくびはしめてしまえ」

そんな文言を必ず付け加えて。

その子守歌を怖がっていたはずの彼女がどうしてそれを唄っているのか？

それを問いかけたが、フフフと笑うだけで何も答えてはくれなかった。

新しい先生

俺は元々自宅からすぐ近くの木造建ての小さな保育所に通っていた。

しかし何度かの怪異が起こり、やがて実害が発生し始めるとすぐにその保育所は閉園になってしまった。

あくまで移設のための閉園という形をとっていたらしいが、一人の子供が行方不明になり、挙げ句の果てには一人の先生の気がふれてしまったのだから、閉園の理由は推して知るべしだろう。

それから俺は少し離れた場所に在る幼稚園に通うことになった。

看護師として働いていた母親にとっては大変だったかもしれないが、その保育所の友達が全員まとめてその幼稚園に通うことになったから、俺としては不安など何もなかった。

それどころか初めて乗る幼稚園バスが嬉しくて、俺は毎日幼稚園に通うのが楽しくて仕方なかった。

小さなクラスが二つしかない保育所から移ってきたその幼稚園は、多分市内でも規模が大きく、沢山のクラスがあった。その各クラスを数人の先生で受け持っていたように思う。

俺にとっては楽しい幼稚園生活ではあったが、唯一苦手だったのが昼寝の時間だった。今は幼稚園だと昼寝の時間はない場合が多いかもしれないが、当時通っていた園にはそれがあった。

保育所に通っていた時にも全員でお昼寝をする時間というものがあったが、幼稚園でのお昼寝の時間はとても厳しいものだった。

一人の先生が物語の本を読み、数ページを読み終わるまでにその場にいる全員が眠りに就かなければならなかった。

しかも、寝たふりをするのは許されず、それから一時間半～二時間ほどの昼寝をしなければいけなかった。

もっともどうやっても眠ることができなかった俺は母親に頼んで、一応横になって他の子供達と一緒に寝たふりをするということでなんとか許可を貰ったのだが。

最初の頃は眠たくもないのにじっと横になっていることが本当に辛くて仕方なかった。

そんな気持ちが変わったのは、突如一人の先生が現れるようになってからだ。

その先生はお昼寝の時間になるとみんなが寝ている部屋にやって来て、部屋の中をキョロキョロと見回していた。他の時には一度も見かけたことがないのに、昼寝の時だけ必ず現れるようになったのだ。

その幼稚園の先生は園長先生以外は全て女性であったが、なぜかその先生からは他の先生とは違う不思議な優しさが感じられた。

一度も怒ったことはなく、いつも薄っすらと笑みを浮かべた顔をしていた。

つまり昼寝の時間に寝ていなくても何も叱らないのだ。

他の先生はどうしても昼寝ができなくてもぞもぞしていると
「ほら、ちゃんと寝なさい！　他のお友達はみんな眠ってるんだよ？」

と必ず叱ってきた。

だから俺はその先生が大好きだった。

「先生もお昼寝が苦手なんだ。寝られない時には起きてれば良いよ」

そんな優しい言葉を掛けてくれていた。

昼寝時間中はいつもその先生と色んな話をした。

俺がしゃべる拙《つたな》い会話に対していつも笑って頷いてくれた。

そして、いつも先生は俺にこう言うのだ。

「先生と一緒に楽しい処へ行こうか？　そこではずっと起きてていいんだよ？」

俺は先生の顔がその言葉を言った時にだけニコニコした笑顔から気持ちの悪い笑みに変わるのが怖くて、いつも首を横に振っていた。

子供心にも何か得体の知れない気持ちの悪さをその時だけははっきりと感じ取っていたから。

するといつも先生は少し残念そうに、

「そう……わかったわ。それじゃいつか絶対に行こうね」

そう言っては、人差し指を口に当てて、

「このことは誰にも言っちゃダメ！　もしも言ったら無理やり連れていかなくちゃいけなくなるからね！」

そう念を押された。

しかし、それからしばらくしてその幼稚園に一人の転入生が入ってきた。

俺と同い年の男の子だった。

そして、どうやらその子もお昼寝の時間が大嫌いだったらしく、その先生と俺とその子の三人でいつもお昼寝の時間を楽しく過ごすようになっていった。

実は俺にとってはその先生が初恋だったのだと思う。

……そして、その男の子も。

だからお昼寝の時間はいつも二人でどちらが先生に可愛がられるかを競うようになっていたのだと思う。

先生はその男の子と三人で過ごすようになってからもいつも同じことを聞いてきた。

「先生と一緒に楽しい処へ行こうか？　そこではずっと起きてていいんだよ？」

先生がその言葉を言った時の気持ち悪い笑みは相変わらずで、その度に俺は、

「また今度ね」

そう返していた。

それはその男の子も同じ気持ちだったようで、いつも俺同様に、

「うん、いつか連れてってね」

と返していた。

しかし、ある日のお昼寝の時間、その男の子はなぜかいつもとは違い、

「うん、すぐに連れていって！」
そう返事をしてしまった。
その返事を聞いた際の先生の得も言われぬ気持ちの悪い笑みはまるでへび女の様であり
未だに俺の脳裏にはっきりと焼き付いている。
それから先生はその男の子を連れてお昼寝の部屋から出ていった。
そして、お昼寝の時間が終わった幼稚園は大騒ぎになった。
どこを探してもその男の子が見つからず、家にも帰っておらずで父兄や警察まで総動員
しての捜索が行われたが、結局、その男の子は未だに見つかってはいない。
先生方や警察から俺も事情を聴かれた際には正直に、
「いつもお昼寝の時間にやって来る先生と一緒に部屋から出ていったよ！」
何度そう説明しても埒《らち》が明かなかった。
誰もそんな先生のことなど知らなかったのだから。
今、その男の子は一体どこにいるのか？
そして、あの女の先生は何者だったのか？
それに関しては想像の域を出ないのだが、ひとつだけ心配なことがある。

先生はいつも、

「先生と一緒に楽しいところへ行こうか？　そこではずっと起きてていいんだよ！」。

同じ質問をして断ると、必ず人差し指を口に押し当ててこう言っていたのだ。

「このことは誰にも言っちゃダメ！　もしも言ったら無理やり連れていかなくちゃいけなくなるからね」

確かにあれからこのことは誰にも話したことはなかった。

しかし、今こうして文章として書いてしまっている。

……もしかしたら……。

そう考えるとまたあの時の先生のへび女のような顔が思い出されて恐ろしくなる。

桶の中に隠れて

これは吉山さんが子供の頃、今から五十年ほど前に体験した話になる。

彼が住んでいた土地は城下町で、城の近くに武家屋敷、その周りに町家があった。

小学二年生の頃、同級生の中にSという葬儀屋の息子がいて仲が良く、彼の家の近所で一緒に遊ぶことが多かった。

その日はSを含めた友達数人とかくれんぼをして遊んでいた。

その近辺は材木屋や植木屋などもあり、材料を乱雑に置いてあったので、かくれんぼで隠れ場所に困ることはなかった。

街道と坂に挟まれた比較的狭い町域の中で隠れるのが、彼らの中では暗黙のルールになっていた。

Sの家である葬儀屋を起点に、友達は割と遠くに隠れに行くのを見た彼は、逆に盲点をつこうと考え、Sの家の隣で隠れることにしたという。

Sの家の隣は、かつて棺桶作りを生業としていた桶屋があった。

当時その土地では棺桶作りから木製の風呂桶作りまで、木製の桶製作が盛んだったのだ。

彼は桶屋が得意先から引き取ったと思われる、使い古された風呂桶の中に身を隠した。

古い風呂桶の中に、じっと息を殺してしゃがみこむ。

外からは友人らの騒がしい声が聞こえていたが、鬼役の友達はいっこうに彼が隠れている風呂桶の近くには探しに来ようとしなかった。

しめしめという気持ちとつまらないという気持ちが入り混じった不思議な気持ち。

そのうち、待ちくたびれた彼は風呂桶の中で寝てしまったようだ。

そして、夢を見た。

夢は、幼稚園の頃の臨死体験をなぞるような夢だった。

そして夢の終盤、花畑の中でひとりぼっちで立っている彼は段々と日が暮れてくるのを感じていた。

夕暮れはすぐに夜へと変わってしまい、彼は真っ暗闇の中で怖さと寂しさに耐え切れず泣き出してしまった。

本当にこのまま戻れないのではないか、と思ってしまい怖くて仕方なかった。

すると、誰かが彼の体を揺り動かした。

目を覚ました彼の目の前には、桶屋の向かいにいる拝み屋のおじさんの顔があった。

泣いている彼を見て拝み屋のおじさんがこう言った。

「桶の中に隠れているとあっちへ連れて行かれるぞ」

その時の拝み屋の叔父さんの笑顔はとても厭な笑顔だったそうで、今でも鮮明に憶えているという。

何かを見つけたような、何かを企んでいるような、そんな厭な笑い顔。

その顔が恐ろしくて何も言葉が出てこなかったが、それでも拝み屋のおじさんは彼を家まで送り届けてくれたという。

その道すがらおじさんは彼にこんなことを言った。

「お前はこれから人様の役に立たないといけないから助かったんだぞ。それを忘れないでしっかり勉強しろよ」

その時はその言葉になんの違和感も覚えず黙って頷いたそうなのだが、今でもその時のことを思い返すと腹に冷たいものが落ちる。

もしかしたら自分はあのまま助からなかった可能性もあったということか。

いや、そもそもどうして自分が桶の中で寝ていたことが拝み屋のおじさんにはわかったのか。

そして、寝ている自分を起こしてくれた時の、あのお厭な笑いは一体何だったのか？

彼は、拝み屋のおじさんが、どういう意味であんなことを言ったのか未だに理解できないのと同時に、思い出す度に鳥肌が立つのだという。

頭部を狙わなかった理由

ヘッドショットという言葉がある。

いわゆる相手の頭を撃ち抜いて一撃で殺すことを意味する。

ホラーゲームなどではいかに多くのヘッドショットを決められるかが楽しみの一つにもなっている。

銃弾を何発も撃ち込まなければ倒せない相手もヘッドショットならば一撃で倒せるのだから。

だからヘッドショットを狙うのがゲームをクリアするためのマストにもなっている。

つまり、人に限らず生き物である限り、頭というのは心臓と並び急所なのだ。

全ての動き、血の流れや呼吸までをも司る脳があるのだから。

しかし実際に狩猟の際は頭を狙うことはないのだと以前教えてもらった。

つまり頭部というのは心臓がある胴体に比べて頻繁に動き、そして他の部位に比べて明らかに小さいそうだ。

そして頭の骨というのは他の部位に比べてかなり分厚く硬い骨で護られている。

それがイノシシやクマなどの猛獣になれば尚更のこと。

威力の高いライフルだとしても角度が悪ければ弾は簡単に弾かれて致命傷を与えられない。

そうなれば逆に反撃され自分の命も落としかねないのだから頭を狙うよりも心臓を狙った方が確実なのだろう。

しかしそれでもこの世にはヘッドショットに拘る強者もいるらしい。

だが気を付けてほしい。

この世には、いやあの世にはそれが通用しない相手がいるのかもしれないのだから。

大阪に住む四十六歳の公務員、篠間さん。

彼は今でこそ家庭を持ちボランティアにも精力的に参加している温厚な会社員だが過去にはかなりヤンチャな時期があった。

中学や高校では学校を裏で支配し、社会人になってからも暴走族に入り特攻隊長としてその名を轟かせた。

特攻隊長といえば所謂、ケンカに特化した構成員。

つまりケンカの際には先頭に立って相手を叩き潰すのがその役目だ。

そして特攻隊長を任されていた二年間ほどの間、彼は一度もケンカで負けたことがなかった。

いや実は特攻隊長として初めてケンカに臨んだ際、彼は相手の強さに圧倒され負けを覚悟したそうだ。

だが命の危険を感じてしまう状況下で彼は覚醒したという。

相手を殺さなければ自分が殺される、と。

それまでの彼の頭ではケンカにも、ある程度のルールや暗黙の了解が存在した。

殴るのは相手の腹部や背中、足などであり顔への攻撃はできるだけ避けてきた。

いや正確に言えば、顔を殴ることはあったが眼や頭など命にかかわる部位への攻撃は無意識に避けてきた。

彼の中にも誰かの人生を狂わせ台なしにしてしまうことだけはしたくないという逃げの

気持ちがあったという。

しかし一方的に叩きのめされ自分の命が危機にあると確信した時、それらの道徳心はどこかへ吹き飛んでしまった。

それらを全てリセットし自分が絶対にやられたくない攻撃ばかりをした。

眼を攻撃するだけで、それがたとえ正確にヒットしなかったとしても、相手は簡単に動揺し動きを止めた。

動揺は弱気へと繋がり、それまで全く敵わなかった相手はまるで別人のように抵抗できなくなり、されるがままに殴られ彼の前に倒れていった。

そんなことがあってから彼はケンカで負け知らずになった。

彼の名は悪い噂と共に地元に広がり誰もが彼とのケンカを避けるようになってくれた。

……あいつはヤバい！　アイツは危険すぎる！　と。

それからのケンカは楽になった。

とにかく最初に相手の眼を狙えばそれだけでケンカの主導権を握ることができた。

結果としてそれから二年間で彼は伝説の強者として暴走族の世界に留まらず、裏の世界でも認知されていった。

しかし彼は特攻隊長を二年間、つまり二十歳という若さで突然引退してしまう。

暴走族とのケンカで負けたわけではない。

もっとヤバい相手との喧嘩で完全に心を折られたのだ。

その日、彼は夕方には仕事を終え、そのまま暴走族の集会へとバイクで向かった。

その頃の彼はまさに怖いものなしの状態でパトカーさえ見て見ぬフリをするほど。仕事のうっぷんを晴らすように信号無視やジグザグ走行など、自分勝手で危険な運転を繰り返した。

そうして我が物顔で走っていると、次第にどんどん周りの車が減っていった。

「なんなんだ？　今日は変な日だな。もしかして誰も彼もが俺を怖がって道を空けているってことなのかもしれんな」

そんな馬鹿なことを考えながら相変わらず危険運転を続けていると、五十メートルほど前方に一人の人影が見えた。

それは背を向けた状態で道路の真ん中に立っており、ヒョロヒョロと背が高く全く動いていないように見えた。

彼は服装から、それが大人の男性に違いないと確信した。

道幅はそれなりにあったからその男性を避けて通り抜けられなかったわけではない。

しかし彼にはそれが我慢できなかった。

「どうしてコイツは俺の通り道を塞いでんだよ！　俺が誰だが知らねぇとでもいうのかよ！」

そう思いだすとすぐに頭の中が沸騰した。

彼はその男性のすぐ近くでわざとバイクを停止させた。

何度かアクセルを吹かした後バイクから降りると、

「ワレェ！　ナメとんのかい！」

そんな怒声を上げながらその男性の背中を蹴った。

しかしその男性は彼の蹴りを受けてもピクリとも動かない。

逆に彼の足はまるで硬いゴムでも蹴ったかのようにジンジンと痛んだ。

「なんじゃ？　もしかして人間じゃなくて置物なんじゃねえのか！」

そう思いマジマジと見ていると、突然それは彼の方へとクルリと向き直ったという。

彼は咄嗟に身構えた。

振り向いたからには目の前にいるのは置物ではなく人間に他ならなかった。

それならばいつものように眼を狙って攻撃し相手を叩きのめしてやれば良かった。

しかし彼の頭の中では相手を殴りつけてやるという怒りは既に消え失せていた。

こちらを向いたその男の姿を見たことで。

いや、その代わりに広がっていくものがあった。

それは恐怖という感情だった。

眼前の男には顔がなかった。

いや、首から上の部分が全て欠損していた。

それなのに眼の前のそれは明らかにうねうねと動き続けていた。

それまで生きてきてそんな生き物の存在など聞いたこともなかった。

いや、確かに動いているのだから生き物には違いないが、絶対に人間とは思えなかった。

彼の頭は思考停止し、その場に呆然と立ち尽くすしかなかった。

それから彼の記憶は全てなくなっていた。

気が付いた時には病院のＩＣＵのベッドの上で、沢山の管と装置を付けられた状態で寝かされていた。

その後、彼は瀕死の状態で倒れているのが発見され、三日間ほど生死の境を彷徨《さまよ》ったのだと説明されたという。
それから数か月を経て無事に退院した彼は、すぐに暴走族を抜けた。
それ以来、誰ともケンカをしていない。
それから彼は誰に対しても優しく接するように生きている。
右目と左腕を失くした状態で。

預かってくれませんか？

俺が見てきた呪物について過去にも何話か書いたことがある。

椅子、黒電話、ロープ、そして日本刀などそのどれもが周りの空気を嫌な緊張感で満たしてしまうほどの存在感があった。

そして最も忌まわしいものに感じたのは、それを所有した者の狂気だ。

そもそも曰く付きの呪物を所有しようと考えた瞬間からその者は既に正常ではなくなっているのかもしれないが、その者がそれを所有してからの変わりようを見ていると、それはまるで呪物に操られ、正常な部分を侵食されていくようにしか見えなかった。

そもそも呪物とは呪いを封じ込めた籠なのだ。

そして彼らはその籠を自らの意思で手に入れた。

だから受動的に呪いをかけられた場合とは根本的に違うのだ。

呪物に封じ込められた呪いは不特定多数に対していつでも発動する。

そもそも呪物の正式な取扱説明書など存在しない。

あったとしてもそれは簡単な口伝だったりという程度。

そこに悪意や勘違いが混入していないと誰が保証できるだろうか？

だから間違った管理方法をすれば呪物はすぐに発動する。

保管しているだけなどという言い訳は通らず、所有者だけでなく周囲の者まで飲み込んで不幸にし、簡単に命まで奪っていく。

だから呪物など所有するべきではない。

もっとも呪物で自らの命を引き換えに、この世の地獄を見てみたいという者だけは例外だが。


関西に住む香山さんは本業である会社員の傍ら、土日の休みを利用し便利屋的な副業をやっている。

既に五十一歳になるが独身の彼は特に趣味もなく家族サービスに時間を費やす必要もないことから無駄な時間を少しでもお金に代えようと考えた。

主な仕事内容は引っ越しの手伝いなどの力仕事や運転手ということになるらしいがごく稀に奇妙な仕事の依頼もあるそうだ。

明らかに怪しい仕事や犯罪の匂いがするものは適当な嘘をついてお断りするそうだがある時こんな仕事の依頼があった。

「ある物を預かってほしいんですが……。可能ならば永遠に返す必要はありませんし、何なら壊していただいても結構です。ただ転売とか他人に譲渡するのだけはＮＧです」

そんな内容だった。

考えれば考えるほど奇妙な仕事だった。

怪しい仕事は基本的に断っていた彼だったが、その時には好奇心がどんどん大きくなってしまった。

それに報酬金額が破格だった。

詳しくは書けないが、物品を預かるだけで彼が本業で貰えるボーナス額を遥かに超える報酬が手に入るのだから彼の心が揺れたのも仕方ない。

だから彼は一度会って詳しい話を聞き、実際に預かる物を確認してから仕事を受けるかどうかを決めることにした。

依頼者と会ったのは繁華街にある明るい昼間の喫茶店。

もしかしてヤバい仕事だったことを考慮して、周囲の目がある場所を彼が選んだ。

やって来たのは上品そうなスーツ姿の男性。

店内にはそれなりに客もいたが気にすることもなく平然と説明を始めた。

説明の内容というのは事前に電話で聞かされていた内容と寸分違わないもの。

それに見せられた物品というのもお洒落な鉄の小箱に入れられた手鏡。

そこで説明された新しい情報といえば、手鏡を預けたいのは目の前のスーツ姿の男性ではなく、彼が仕える主だということ。

しかも手鏡には事件性など微塵もないことをその男性は明言した。

勿論、彼としても預かる物が手鏡だと知った時点で事件性などの心配は消え失せていた。

これでは断る気は完全に失せてしまい、その場で依頼を快諾した彼。

そんな彼に目の前の男性はにこやかな笑顔でこう続けた。

「もしも預かるのではなくこれを貰っていただけるのなら倍額の報酬を今ここでお支払いしますが？」と。

彼としては預かることと所有することの違いがよくわからなかった。

それを質問すると男性は彼に対して
「一筆書いていただけるだけで結構ですよ」
そう言って白紙の紙を彼の前に差し出した。
……たったそれだけでそんなに高額の報酬がもらえるのかよ！
驚いた彼だったがそのチャンスを逃す手はなかった。
彼は言われるがままにその場で白紙に明記してしまった。

この〇〇の手鏡は本日から私の所有物となります。
二〇〇〇年〇月〇日〇時〇〇分
香山〇〇

その場で提示された金額を受け取った彼は有頂天で手鏡を自宅へ持ち帰った。
そしてそれ以後、その男性とは一切連絡が取れなくなったという。
そこまでは彼としても想定していたことだった。
しかし問題はそれ以外にあった。

彼はその手鏡を持ち帰ってからというもの、奇妙な夢ばかりを見るようになった。

夢の中で彼は手に持った手鏡を何度も床に叩きつけていた。

割れた手鏡が粉々になったのを見てホッと胸を撫で下ろす彼。

しかし箱の中を見ると手鏡は元通りになっておりヒビさえ入っていない。

それを見た彼は延々と手鏡を床に叩きつけ続ける。

そんな内容だった。

特に怖くはなかったが、どうしてそんな夢を見るのかがわからなかった。

そもそもあの手鏡はあの男性から受け取ってから家に持ち帰ったが一度も箱を開けたことはなかった。

それなのに彼は夢の中に出てきた手鏡の細かい細工までしっかり記憶していた。

だから彼は、一度手鏡を箱から出して確認してみようと思った。

小箱の蓋を開けた瞬間、部屋の空気が凍り付き、一気に室温が下がった気がした。

恐る恐る手に取った手鏡をまじまじと凝視しようとした時、彼は思わず手鏡を落としそうになった。

鏡には彼の顔は映っていなかった。

その代わりに知らない女の子の顔が映っていた。

おかっぱ頭の女の子は着物を着ており、その表情はあまりに生気も感情もないマネキンのような無機質なものだった。

「そもそも手鏡を覗き込んでいるのだから映りこむのは俺の顔のはずじゃないか！」

思わずそんな言葉が口をついた瞬間、確かに女の子の無機質な顔がべったりとした気持ち悪い笑顔に変わった。


それ以後、彼はその手鏡は見ていない。

箱のまま鉄製の金庫に納められ、誰も触れないようにしている。

それでも彼の周りでは不幸が続いている。

その手鏡を手に入れて以来、親戚や友人、同僚だけでなく彼の弟までもが急逝している。

それが手鏡のせいなのかは証明できないそうだが、彼にはその原因が全て手鏡にあると信じて疑わない。

そう自分が手に入れたのは恐ろしい呪物に違いない、と。

そう考えればあの不自然な取り引きも説明がつく。

……完全に騙されてしまった。

そう考える彼は、現在いくら支払ってでもあの手鏡を貰ってくれる人を探している。

しかし、どれだけ好条件を提示してもその手鏡を引き取ってくれる者はいなかったのだろう。俺に相談してきた時も彼はかなり切羽詰まった様子だった。

「あれは本当に呪物なんですかね？　だとしたら呪物を手放すにはどうすればいいんですかね？」と。

そして彼の話を聞き終えた俺はこうアドバイスした。

「それは本物の呪物だと思います。呪物ならば普通は手放すのも難しくはないと思います。ただその手鏡はあなたが自ら望んで手に入れたもの。色々と言い訳はしたいかもしれませんが、あなたが契約書を交わしてしまった以上はそうなってしまうんです。その場合はかなり難しいですね。その呪物を手放すのは……」

呪物を自らの意志で所有してしまった時、彼は自らを呪縛してしまった。

契約書にサインしたことで。

もう彼は呪物からも呪縛される立場になってしまっているのだ。

結納

東雲《しののめ》さんは千葉県の会社に勤める三十六歳の独身男性。

二年前に離婚し市内のマンションで一人暮らしをしている。

理想の女性だと思いこみ結婚した奥さんと一年半ほどで破局を迎えた彼は、それ以後二度と結婚などしないと心に誓っていたそうだ。

そんな彼が久しぶりに地元である関西に戻った。

早逝した母親の二十回忌の法要があり、そのために有休をとって実家に帰ったそうだ。

彼としては久しぶりの帰省でもあり、そのため四日間という日数を有休として申請した。

あくまで小さな地方都市ではあるが、生まれ育った町や友達とも旧交を深めたいというのがその目的だったようだ。

法要が終わり、数人の旧友とも酒宴をもって、大いにバカ騒ぎをした。

そうしたことで彼の帰省が周囲に伝わったのかもしれない。

翌日、散歩している彼を一人の中年女性が呼び止めた。

「あの、すみません。間違っていたら本当に申し訳ないんですが、もしかしたら東雲さんでしょうか?」

その女性は五十代くらいの上品そうないで立ちで、彼が頷くと優しい口調で自己紹介してきた。

自分は、彼が中学三年生の時のクラスメイトの母親なのだ、と。

しかし告げられた名前を聞いても全く思い出せず、ピンとこなかった。

「佐山理香さん……ですか? ……クラスメイトの?」

思わずそう返してしまったが、その母親の話を聞いているうちにゆっくりと記憶が蘇ってきた。

当時のクラスの教室にはずっと空いたままの席が一つあった。

病気がちで何度かだけ学校に来ていた女子生徒。

それもいつも授業の途中で体調を崩し、そのまま早退していた。

言葉を交わしたことなどなかったし、そもそも顔すら思い出せなかった。

そんな彼に対して、どうしてその女子生徒の母親が待ち伏せでもするように声をかけてきたのか？

その答えはすぐに理解できた。

母親は大きく頭を下げてからこう話しだした。


「理香はなんとか中学は卒業しましたが結局、高校には行けませんでした。そして卒業から二年経たずにこの世を去りました。私たち親にとっては悲しい人生でしたが、どうやら娘にはとても充実した人生だったようです。それというのも生まれて初めて恋をして、心からある男性を愛することができたからなんです。その男性というのが東雲さん、貴方なんです。娘の短すぎる人生に喜びを与えてくださって本当にありがとうございました。東雲さんにはご迷惑なことかもしれませんが」


いきなりそんなことを言われて彼は戸惑うことしかできなかった。

そもそも殆ど記憶に残っていないクラスメイトであり、既にこの世を去っている女性。

そんな女性の母親から突然告白などされても、どんな態度をとればいいのか、全く思い浮かばなかった。

しかし、こうして大人になり、色んな悲しい場面を見てきた彼としては、そのまま適当に流してしまってはいけないのではないか、とも感じこう返した。

「理香さんが亡くなられたのは本当に悲しいことですが、こんな僕に好意を寄せてくれていたのだとしたらとても光栄なことです。教えていただいてありがとうございます」と。

そして彼は自ら提案し、娘さんの仏壇に線香でもあげさせてもらえないかとお願いした。

彼としても決して悪い気はしなかったし、何よりクラスメイトの記憶にすら残らないまま亡くなった彼女が哀れで仕方なかった。

だからこそ、彼としては心から哀悼する思いで彼女の仏前に手を合わせた。

だが、そんな彼の誠実さがその母親だけでなく別のモノの気持ちをも動かしてしまったのかもしれない。

母親としばらくの間、中学時代の話に花を咲かせていると、突然座り直した母親が泣きそうな顔でこう話しだした。

「あの……こんな質問をして失礼かと思いますがあえてお聞きします。東雲さんは彼女さんとか奥様はいらっしゃるのでしょうか？」

そう聞かれて一瞬唖然とした彼だったが、すぐに思い直して自分が離婚したことを含めて全て正直に話した。

するとと母親はホッと胸を撫で下ろす仕草をした後で、更に改まった顔でこう続けた。

「そうなんですね。すると東雲さんは現在フリーということですね。こんな言い方をすると失礼かもしれませんが本当に良かった。実は一つお願いがありまして。こんなことをお願いするのは本当に失礼なことだと十分自覚しておりますが、恥を忍んでお願いさせていただきます。どうか娘の願いを叶えていただけませんか？　娘との結納をお願いできませんか？」

そう聞かれ、思わず「えっ？」と声をあげてしまった彼に母親は慌てたように続けた。

「あっ、結納といっても本当に形式的なものですから。娘はずっと東雲さんと結婚することを夢見ていたんです。その夢を叶えることもできないままこの世を去ってしまいました。本当にその瞬間まで東雲さんのお名前を呼び続けて。本来ならそれで全てを諦めるしかなかったのに、今日こんな形で知り合うことができて。これはきっと奇跡なんだと思います。娘が引き寄せた奇跡です。そして娘も本当に喜んでいる。それだけでは我慢できないくらいに。だからこそお願いしているんです。どうか娘の夢を叶えてあげていただけませんか？

一日だけ娘の遺影と一緒に過ごしていただきたいんです。勿論それ相応のお礼をさせていただくつもりです。だから本当にバイトするみたいな軽い気持ちで構わないので、娘と二人だけで過ごしていただけませんか？　どうか……どうか……お願いいたします」

言われた瞬間は戸惑った彼だが、必死で頭を下げる母親を前に即答で断ることはできなかった。

それは目の前の母親の切実な気持ち、そして亡くなった佐川理香というクラスメイトの哀れさを一層強く感じたということもあるが、それだけではなかった。

母親から見せられた佐川さんの写真は想定外に美人すぎた。

中学生の頃だというから十五歳くらいなのだろうが、とても大人びた美人で、ありえないほどにチャーミングだった。

伏し目がちの表情もとても十代のものではなく、どう考えても二十代後半といった雰囲気だった。

勿論、既に亡くなっているクラスメイトに下心など起こすはずもなかったが、もし佐山理香という女性が元気に生きていたとしたら、どれだけ魅力的に成長し、素晴らしい人生を送っていただろうかと考えずにはいられなかった。同時に、そんな素敵な女性に好意を持たれていたことに誇らしさすら感じてしまったという。

「いいですよ。全然問題ありません。僕がしてあげられることなんてそれくらいのことですから。理香さんが喜んでくれるなら何でもしますよ！」

自分の口からそんな言葉が出たことに彼自身が一番驚いた。

確かに憐れみの気持ちは強かったが、どうしてそんなことを言ってしまったのか……。

慌てて発した今発した言葉を誤魔化そうとしたが、時すでに遅し……とはこのことだ。

嬉し涙を流しながら何度もお辞儀を繰り返している母親の姿を見ていると、とても気の迷いでしたと訂正できる空気ではなかった。

そこで彼としては、少し考え方を変えてみることにした。

有休でこの土地に居られるのもあと二日だけ。

しかも今度はいつ帰省できるかもわからない。

それならば恥のかき捨てで、良いことをしてから帰るのも悪くない、と。

覚悟を決めた彼は、一度実家に戻って着替えなどの荷物を持ってくると、待ち合わせ場所に戻ってきた。

待ち合わせ場所では母親が既に待っており、嬉しそうな顔で喋っていた。

彼にはそれが、明らかに視えない何かと話しているようにしか見えなかった。

母親に連れられて佐山家に向かう間中、母親はずっと誰もいない隣に向かって話し続けていた。

そのことについて聞いてみるが、まるでそれが当然のようにあっけらかんと流されてしまった。

彼は何か納得がいかないまま歩き続け、到着した家の中に入ると、先程とは少し様子が違っていた。

家中の明かりが点けられていたから暗くは感じなかったが、なぜか家の中の全てのカーテンが閉められていた。

それについて聞くと母親は、

「ただの雰囲気づくり、演出ですよ。それに形式だけと言ってもこれから二人で過ごしてもらうんですから、近所の人に見られるのはマズいですしね」

そう返してきたという。

その後、リビングに行くとテーブルの上には豪華なご馳走が所狭しと並べられていた。

それを見て驚いていると、今度はあくまで形式的なものですからと説明されながら小さなグラスに入った赤いお酒をすすめられた。

薄っすらと赤い色をしていたからロゼのワインに違いないと思ってグイっと口に含んだが、予想とはまるで違う鉄のような味に思わず吐き出しそうになった。

しかしその際に見せた母親の鬼のような顔と、「吐き出さないで！」という強い口調に怯んでしまった彼は、言われるがままそれを全て飲み干してしまった。

その後、母親はまたニコニコとした顔に戻り、

「これでアナタと理香は無事結ばれました。本当におめでとう！　あとは二人きりで明日の朝まで過ごすだけですよ」

そんな言葉を残し、母親はそそくさとバッグを抱えて家から出て行ってしまった。

彼としては想定外の展開だった。

二人きりとは言われたがもう一人は亡くなっているのだから実質的には一人きり。

自分の家に赤の他人だけを残して出かけていけるものだろうか？

それに、寝る時には娘の寝室を使ってほしいと言われていたが、やはり故人の部屋で寝

る気にはなれなかった。

なんだか食欲もなくなり、そのままテレビを点けて横になった。


目が覚めた時には既に時計の針は午後十時を回っていた。

(僕はなんでこんなことをしているんだ？　それに母親の態度がどんどん馴れ馴れしくなってきてる……やはり引き受けるべきではなかったな)

思わずそんな愚痴が出たが、それにしてもその日はやけに眠くて仕方なかった。

彼は部屋の明かりとテレビを点けたままもう一度リビングでごろ寝することにした。

先程寝たばかりだというのに睡魔はすぐに彼を搦めとり、また深い眠りへと落としていく。


再び眼を覚ましたのは真っ暗な部屋の中だった。

暗い部屋の中で時計の針が進む音だけがカチッカチッと大きく聞こえていた。

時刻を確認しようとして彼は自分の身体が全く動かなくなっていることに気付いた。

何が起こっているのか、頭の中がパニックになっている彼の耳に家の中のドアが開き、そして閉じる音が少し遠くで聞こえた。

何かを引き摺るような音がゆっくりとこちらへ近づいてくる。

普通に考えれば、外出していた母親が戻ってきたのだろう。

それならばリビングの明かりが消えていたことにも説明がつく。

しかし、それは母親の歩く音とは明らかに違っていた。

もっと重い足を引き摺るようなゆっくりした気味の悪い音。

そもそも母親は明日の朝までは二人で過ごして！　と言い残して出ていったのだから戻ってくるにずはない。

つまり今、この家には彼一人しかいないのだ。

その音がすぐ近くまで来たと感じた瞬間、ピタッと静かになった。

何かが廊下からこちらを見ている。

そんな気配を感じた彼は、思わず叫びだしたかったがそれすら叶わなかった。

冷や汗だけが体中から噴き出しているのを感じた瞬間、突然何かが彼の手を握った。

彼の手の指はそれすら自由が利かず、握られた何かの手に翻弄されるようにしばらく遊ばれてから強く握られた。

ありえないほど冷たい手だった。

まるで氷の中から取り出したばかりのように。

そんな冷たい手の主が今横に寝ている。

それが恐ろしくて、絶叫したかった。

しかも部屋の中には腐った果物のような甘い匂いが立ち込めていた。

いっそのこと、気を失うか睡魔に襲われたらと願ったが、それすら叶わなかった。

彼の横からは何かを食べているかのようにペチャペチャという音がはっきり聞こえてきた。横に寝ている何かが食事をしている姿を思わず想像してしまい、更に恐怖が増幅していく。


……いっそ殺してくれ！

そう考えた瞬間、何かがクスッと笑った声が聞こえた。

それにはさすがに耐えきれなかったのだろう。

彼はそのまま意識を失い、気が付いた時にはすっかり朝になっていた。

彼は体の自由が戻っていることがわかると、すぐに立ち上がりそのまま家を飛び出した。

そして一旦実家に戻るとそのまま帰省を切り上げて千葉県に戻った。

彼にとっては本当に恐ろしい体験なのだが、どうやらそれはまだ終わっていない。

千葉県に戻ってすぐにいつもの日常生活を送っていた彼は、時折感じる甘い香りに気付いた。

それは間違いなくあの夜に感じた匂いと同じであり、その度に彼の頭の中にはあの夜の恐怖が蘇ってしまうのだという。

そんな彼から先月メールが届いて以来、音信不通になっている。

メールには、こんな内容が書かれていた。

『色々ありましたが千葉県を離れ、これからは故郷に戻って二人で暮らすことになりました』

俺の悪い勘が当たらなければ良いのだが……。

大柱だけ残した

福井県にお住まいの田代さんは夫婦二人だけの暮らしになると決まった際、新居への住み替えを決心した。

それまでは二人の息子のために多くの部屋が必要だったが、年老いた夫婦だけで暮らすにはそれまで住んでいた家は広すぎてとても無駄に感じた。

それに二階建ての家で階段を上り下りしなければいけないのも年齢的に不安だった。

だから郊外に平屋建ての家を建ててのんびり住みたいと決めて土地を探し出した。

実際に探し出すと物件はすぐに見つかった。

同じ市内の郊外に広がる、田んぼの中にポツンと建った古い一軒家だ。

周囲には他に家もなく、広い敷地に古い古民家風の家が佇んでいた。

車なら市街地まで二十分ほどで行き来できるのも理想通りだった。

彼らはすぐにその古い家屋を購入し、一度更地にしてから新しい家を建てることにした。しかし古い家屋を取り壊す際、一辺六十センチ以上の太い通し柱が使われていることがわかった。

それを見た建築業者からは、

「こんな立派な太柱にはなかなかお目にかかれませんよ？　この通し柱を残して新しい家の通し柱として利用した方がいいです！」

そう言われ彼らも何となく勿体ない気になってしまい、その古い柱をそのまま利用して家を建てることに賛成した。

古い家屋を太柱だけ残して解体し整地してから新しい家を建て始めた。

新しい家屋は平屋ということもあり、三か月ほどで完成し、彼らはすぐに引っ越すことができた。

広い敷地にこぢんまりとした平屋の家屋。

奥さんは余った敷地の一部を家庭菜園として活用し、趣味と実益を両立できたし、そもそも閑静な土地だったので静かに暮らすには最高の場所となった。

古い家屋からそのまま利用した太い柱も黒く塗られるととてもお洒落な感じがして、彼らはそれも気に入っていた。

それから半年ほどは平和な日々が続いていたが、ある夜を境にして不可解な現象が発生し始めた。

その夜、寝ていた奥さんは異様な気配を感じて眼を開けた。

慌てて明かりを点けようとしたがなぜか点いてはくれなかった。

ただ暗闇の中でも家中が煙で覆われていくのがはっきりとわかった。

火事だと思い、すぐに夫を起こして二人で懐中電灯を持って家中を確認した。

しかし火の気などどこにも見つからない。

そうこうしているうちに突然家の明かりが点いてくれ、改めて家の中を詳しく調べてみたがやはり煙はすっかり消えていた。

そのまま眠れずに朝を迎えた二人はすぐに建築業者を呼んで、家の中をくまなく点検してもらった。

しかし、やはり火事の痕跡はどこにも見つからず、燃えたような臭いもなかったため、きっと変な夢でも見たんでしょうとその場は解散となった。

二人はもやもやした気持ちではあったが、火事ではなかったということでホッと胸を撫で下ろしたそうだ。

それからしばらくは平穏な生活が続いたが、一か月半ほど経った頃にまた二人は異常を感じて真夜中に目を覚ました。

家の中に煙がもうもうと立ち込めていた。

しかも焦げくさい臭いが家中に充満していた。

家の明かりを点けようとしたがやはり点かず、二人はそのまま家の外に避難した。

すぐに消防車を呼んだが、いざ消防車が到着し家の中に突入すると、家の中には火の気などどこにも見つからなかった。

火の気だけでなく煙も臭いもどこにも見つからず、二人はイタズラ通報として厳しく注意までされたという。

それからも同じことが頻繁に起こった。

一年ほど経ってもそれは収まらず、それでも二人はそのまま家に住み続けるつもりだった。

しかし、ある日、建築業者がとんでもない情報を持ってきた。

「この家に使った太い柱はそもそもこの土地の家に使われていた物ではなかったんです。

別の土地の家に使われていた柱を新しく家を建て直す際に再利用したもののようで。そして不思議な話ですがそんなことがずっと長い年月にわたって延々と続けられてきたようなんです。あれほどの立派な柱ですからそれも納得してしまうかもしれませんが、問題はそこではなくて。実は過去にあの柱を使って建てられた家は全て火事で全焼してるんです。そしてね。家も住人も全てが焼け落ち命まで奪っているというのに、あの柱だけは焦げひとつなく延々と生き残ってきた。そしてね。調べてみてわかったんですが、実はあの柱って元々はあそこまで太くなかったんです。火事を起こし燃え落ちる度に太くなっている。まるで命を吸って成長しているように。これって冗談でも嘘でもなく、紛れもない事実なんです。悪いことは言いませんから今すぐこの家から出た方が良いと思います」

そういう話だった。

その柱を使った古い家がどうして二人が買うまで火事に遭わずに残っていたのかはわからないが、考えれば考えるほど気持ち悪い話だった。

しかもその時二人は深夜の煙や焦げくさい臭いに悩まされていたのだから尚更だった。

しかしそれでも二人はその家に住み続けようとした。

ただ二人の息子さんがその話を聞いてそのままその家に住み続けさせることができな

かったのは当然のことだろう。

結局、二人はすぐに息子夫婦と同居することになり、その家も空き家として放置されることになった。

その柱にはどんな過去や曰くがあったのかはわからないが、これで全てが収まったのだと思っていた。

しかしそれから半年も経たずにその老夫婦は同じ日に揃って亡くなった。

朝になり起きてこない両親を心配した息子が見に行くと、布団の中で二人は冷たくなっていた。

その顔は苦しみ抜いた凄まじい形相だった。しかも検死の結果、死因は一酸化炭素中毒であり、二人の灰は真っ黒に焦げていたそうだ。

この話を聞かせてくれたのはこの話に出てくる建築業者。

元々オカルト好きでその柱の出所を追いかけてみたそうだが、過去に幾つもの火事を起こし生き残ってきたということ以外は何もわからないそうだ。

その家は今でもその土地に建ったままだ。

誰の目にも留まらず、買い手がつかないことを願うしかない。

山からやって来るモノ

あなたにとって「家に訪ねてきてほしくない者」とは誰だろうか？

押し売り、宗教の勧誘、そして勿論、大嫌いな奴。

そんな感じかもしれない。

ちなみに俺にとって最も訪ねてきてほしくないのは、〈訳がわからない奴〉である。

これまでにも色んなタイプの押し売りや勧誘に遭遇したが、あまりに多すぎて上手な断り方も体に染みついている。

しかし相手の思考や目的が理解できない奴、言葉が通じない奴、行動が想定外の奴には慣れることがない。

そして、それが生きている者ではなかった場合は更に厄介なのだ。

面倒くさいという思考は吹き飛び、どうにかその場を切り抜けることしか考えられなくなる。

それでも奴らはなんとかして家の中へ入ろうとしてくるのだ。

家人をそそのかし、玄関や勝手口を開けさせて。

たとえ窓が開いていても勝手口や玄関の鍵が開いていても、奴らは自らドアを開けて入ってくることはしない。

奴らは必ず生者にドアを開けさせてから家の中へと入ってくるのだ。

単なる偶然なのか、それともそれが奴らの流儀なのかはわからないが、過去にそれで恐ろしい思いをしたのは一度や二度ではない。

その話はまた別の機会にするとして、今はこの話に集中してほしい。

俺が体験したのとはまた別の次元の体験談になる。


座間さんが生まれ育ったのは東北のとある小さな村。

今では限界集落と呼ばれているが、以前は多くの人々が暮らすとても活気のある村だった。それが変わったのは村にある小さな神社が洪水で跡形もなく流されてしまってから。

洪水は他の民家や建物には大した被害も出さなかったというのに、ピンポイントで神社だけを流し去ってしまった。

……神主とともに。

それでもすぐに同じ場所に新しい神社を再建しようとしたのだが、今度は建造中に雷が落ちて全焼したという。

呪われているとしか思えない災厄が続いたことで村人は恐れおののき、更なる災厄が起こるのではないかと恐怖した。

我先にと村から出ていく者もいたらしいが、あながちその判断は間違っていなかった。

その後、村には疫病が流行り、多くの死者が出た。

しかも一度きりではなく、何度も何度も。

毎年のようにそんな災いが厄起こった結果、どうしてもその土地を離れられない者だけが村に残るようになった。

それが現在の過疎に至る経緯である。

しかし、どうやらその村には自然災害や疫病などよりももっと恐ろしい災厄が起こり続けているらしい。

——令和となった現在においても。

その災厄とは年に一度、決まった日に山から何かが下りてくるというもの。

山の神か、物の怪か、正体は不明。

ソレはまるで花嫁御寮《はなよめごりょう》のように列をなし、朱傘をさして移動する。

全員が狐の面を着けており、さながら狐の嫁入りのようだ。

ゆっくりと歩を進め向かうのは村の中のいずれか一軒だけ。

その家が空き屋ならまだいいのだが、人が住んでいた場合にはその家から人が消える。

どこかへ連れていかれるのか、それとも食われてしまうのか、それは誰にもわからない。

消えた人が戻ってきたことは一度もないのだから。

――これが昔からその村に伝わっている災厄だという。

単なる言い伝えだとか、本当にあったことだとか、意見は様々あったようだが、それでも村人たちはその日には村を離れて過ごすことが慣習になっていた。

確かにその村には空き家が多く、実害が確認できたのはほんの数件らしいのだが、それでもゼロではない。

実際に家人が一晩で消えてしまい、二度と戻って来ないという事例もあった。

だから万が一言い伝えが真実で、自宅に残っていて巻き込まれてはたまらないと考えるのは至極当然のことだろう。

しかし世の中にはどこにでも偏屈者が存在するものだ。

Mというその五十代の男性は、なんと唯一生き残った奇跡の者として村人に記憶されているらしい。

Mは元々、オカルト否定派の人間。

幽霊も妖怪も全く信じていないタイプの人間だった。

彼からすると、村人全員がそんな馬鹿らしい言い伝えを恐れているのを見るのは滑稽で仕方がなかったようだ。

彼は数年前に村に移住してきた新参者で、噂によると都会で事業に失敗し、逃げるようにして親戚が所有していた空き家に転がり込んできたという。

それからも仕事らしい仕事もせず、村の行事も一切手伝おうとしない彼を、村人たちが蔑みの目で見ていたとしても当然かもしれない。

彼もよく思われていないことは承知していたようで、なんとか彼らを見返してやれないものかとずっと考えていた。

そんな彼の思惑を成就させるのに、昔から伝わる奇妙な言い伝えを利用しない手はなかった。彼は、ニヤニヤしながらその日が来るのを待ったという。

当日になり、村人たちが家族そろって村を出ていく様子を見送りながら、彼はひとりほくそ笑んだ。

――これで明日の夕方には村人全員を見返すことができるぞ。

――そんな化け物がこの世にいてたまるかよ！

そうして誰もいなくなった村を面白いものはないかと歩き回っていた彼だったが、無人となった村にはいつもとは違う、気味の悪い雰囲気が漂っていることを肌で感じ、慌てて家に戻り、車で街へ買い物に行こうとした。

しかしいざ車を出そうとするとエンジンが掛からず、しばらく悪戦苦闘したものの諦めて家の中に戻った。

結局、彼はふてくされて酒を飲むしかなかった。

しかしどれだけ飲んでも酔えないし、眠たくもならない。

先程の村の様子に何か異様なものを感じた彼は、その恐怖に抗う手段として寝ることを選んだ。だが、その夜だけは寝落ちすることはおろか酔うことさえできなかったという。

「くそ！　どうなってんだ！　なんで酔えねえんだよ！」

焦れば焦るほど恐怖心は膨らんでいき、ちょっとした物音にもびくついてしまう。

……チリーンチリーンチリーン……チリーンチリーンチリーン。

そんな時、どこからか鈴を鳴らすような音が聞こえてきた。

一瞬ドキリとしたものの、彼はすぐにこう思い直した。

――そうか、もしかしたら俺の他にも村に残った奴がいたのかもしれないな。

この世に化け物などいるはずがないという主張に変わりはなかったが、自分の他にも残っている者がいるとすれば、やはり心強い。それくらいには心細くなっていた。

彼は家中の電気を消してから静かに二階へと移動し、窓の陰から外の様子を窺った。

まだ夜の八時過ぎだというのに外の闇は深く、どこからか立ち込めてきた霧によって異世界の雰囲気を醸し出していた。

外灯も殆どない夜の村。彼は眼をキョロキョロさせながら必死に鈴の音の出元を探した。

すると、三十メートルほど離れた家の辺りで異変を確認した。

空き家になっているその家にゆっくりと近づいていく人の列がいる。

総勢十人ほどの人の列が一歩踏み出しては停止し、また一歩を踏み出すというなんとも奇妙な動きで進んでいた。

服装からそれが大人の男女であり、男と女が五人ずつきれいに縦二列になっているのはわかった。

しかし全てが奇妙すぎた。

それらは全員が和服に身を包み、先頭の男女が白と黒、それ以降の者は黒一色の和服に身を包んでいた。

先頭の男女は狐の面を着けており、それ以降の者は面を着けているのかいないのか、首から上があるのかすら確認できなかった。

それらが一糸乱れず同じ歩き方でゆっくりと歩を進める様は言い伝えで聞いていた通りに狐の嫁入りを連想させるものだった。

「なんなんだ、あいつら？　……一体何をしてるんだ？」

それらの列はゆっくりとその家の前に着くと、玄関の引き戸に貼りつくように家の中の様子を窺っている。

彼は息を殺してそれを凝視していたが、その時にはもうこれまでの信念は揺らいでいた。

……あいつら、本当に人間なのか？

先頭の二人が顔を上下左右に動かしながら家の中を覗き込み、後続の八人はピクリとも動かない様はホラー映画のワンシーンを彷彿とさせるものだった。

しかしそんな彼の疑念はどうやら的外れではなかったようだ。

それを確信したのは先頭の二人の顔が明らかに玄関の引き戸をすり抜けて家の中に入っていること気付いた時だった。

（ヤバい！　あいつら本当に人間じゃねえ！　言い伝えは本当だったんだ！）

気付いたがもう後の祭り。

どうすることもできず逃げる場所もなかった。

彼ができるのはじっと動かず、息を殺し、見つからないように固まっているだけだった。

怖くて震えが止まらなかったが、眼だけはどうしてもそれらから切り離せない。

そうして彼はもう一つの異常を見つけてしまう。

列をなしているそれらは明らかに地面から十センチほどの高さに浮かんでいた。

それを見た瞬間、わずかに残っていた望みが潰えてしまい、それらが自分の知識では計り知れない霊的なモノであることを認めざるを得なかった。

心臓の音が耳元で大きく聞こえてきて、その音がそれらにも聞こえてしまいそうで恐ろしかった。

彼は静かに窓から離れると寝室に行き、うつぶせのまま布団を頭から被った。

寝られるとは思わなかったが、そうしていると少しは気が楽になった。

ただ、うつ伏せに寝たのは万が一の際にもそれらの姿を絶対に見たくなかったからだというから、彼の恐怖は相当なものだったに違いない。

……早くどっかへ行ってくれ！

そう願いながら布団の中で固まっていた彼の耳に絶対に聞きたくない音が聞こえてきた。

……チリーンチリーンチリーン……チリーンチリーンチリーン。

それは確かにあの列が見えた時に聞こえてきた鈴の音だった。

ビクッと体が硬直したが、きっとそれはあの列が遠ざかっていく音に違いないと自分に言い聞かせ自制した。

……チリーンチリーンチリーン……チリーンチリーンチリーン。

突然、大きな鈴の音が一階から聞こえる。

(まさかこの家に来たんじゃねぇよな？　……訪れる家は一軒だけって決まってるんじゃなかったのかよ！)

彼は頭が狂ってしまうのではないかと思えるほどパニックになっていた。

冷静に考えれば、その部屋から動くべきではなかった。

しかし今の状況が気になって仕方なくなった彼は、勇気を振り絞り一階へと下りてみることにした。

ゆっくりと静かに息を殺して階段を下りる。

階段は玄関からは角度的に見えないのはわかっていたから一階へ下りた彼は壁の陰から玄関の様子を窺う。

が、そこで彼は絶叫してしまう。

玄関から延びる廊下に、すでにそれらがいた。

朱傘をさしたその列が、じっとこちらを凝視している。

二階の窓から見たよりもかなり大きく見えたそれらはうまく説明はできないが明らかに化け物然とした姿をしていたという。

気が付いた時には絶叫しながら走り出し、風呂場の浴槽の中に飛び込んでウォーウォーと叫び続けていた。

耳を塞いだまま体を丸め、顔を両足の間に埋めた情けない姿で声の続く限り絶叫する。

近づいてくる鈴の音はどんどん大きくなり、やがてすぐ真横から聞こえた。

絶対的な絶望感に彼は死を覚悟したという。

それからどれだけ時間が経過したのだろうか。

目覚めたのは翌日の昼間だった。

既に避難していた村人も戻って来ており、彼はようやく自分がまだ生きていることを確信し、それまで一度も拝んだことなどない神様に心から感謝した。

命が助かったのは奇跡としか言えなかった。

それを裏付けるように彼が寝ていた布団が丸ごと消えてなくなっており、周囲の畳もズタズタに切り裂かれていたのだから。

そんな彼が、自らの体験として座間さんたち村人に話してくれたのがここまでの話になる。

……唯一生き残った生き証人として。

しかし、この話には後日譚がある。

行方不明にもならず、気が狂うこともなく生き残った彼だったが、次第におかしな行動をとるようになっていく。

そして、ある日こんな言葉を残して家を出ていった。

「呼ばれてるから、ちょっと行ってくるよ」と。

それ以来、誰も彼の姿は見ていないという。

彼は一体何に呼ばれたのだろうか？

愛車も家財道具も全てを残したままで、どこに消えたのだろうか？

生きていてくれたらその時の話を直接聞かせてほしいのだが、それはあまりにも望み薄なのかもしれない。

舟葬

現代日本では基本的に火葬しか選べない。

人間が死んだ時に行われる最後の儀式であるのが葬送。

それならばもっと自由に多種多様な方法が選べても良いのではないか？

実は限定的には他の方法もあるが、申請が通るまでにかなりの日数と複雑な手続きを要するらしく、お世辞にも現実的とは言えない。

しかし古代には土葬や鳥葬など様々な葬り方が存在していた。

その中に舟葬《しゅうそう》というものがある。

亡くなった方の遺体をそのまま舟に乗せて沖へと流す葬り方。

永遠に海の上を漂い続ける終わり方というのはある意味ロマンを感じさせるものかもしれない。

それは何らかの罪という場合もあったらしいが、その殆どは年老いて悟りを開いた高僧にとっての最終解脱が目的のようだ。

しかしよく考えてみてほしい。

舟葬では死者の遺体と魂はポツンと大海原に流されるのだ。

それは本当に幸せな最期と言えるのだろうか？

腐乱した遺体は鳥に啄《ついば》まれるか、そのまま干からびて哀れな姿へと変わる。

そうして船が沈むか誰かに発見されるまで孤独に海を彷徨わなければならない。

いや、海は広いのだ。

他の船とは出会えず、どこの陸地にも辿り着けなかったとしたら、誰とも会わないまま永遠に海の上を彷徨い続けることになる。

さもなければ波に飲まれ、海底の闇へ沈んでいくか……。

既に死んだ身とはいえ、寂しさや苦しさが怒りに変わることはなかっただろうか？

怒りはそのまま海より深い恨みに変わることはなかっただろうか？

否、そんなことはあるはずもない！

悟りを開いた高僧に怒りや憎しみなど無縁だ！

そう思いたい気持ちはあるが、実際の舟葬がそれほど生易しいものではないことは容易に想像できてしまうのだ。

肉体には魂というものが宿っているというのが大前提にはなるが、舟葬ではずっと自分の遺体と長すぎる時間軸を過ごすことになる。

そして遺体というものはすぐに腐乱が始まってしまう。

舟葬で葬られた者の魂は、自らの肉体が朽ち果てていくまでの過程をずっと見続けることになる。或いは、屍肉を求めて集まってきた鳥たちに啄ばまれていくのを見続けなければいけない。

もう見たくないと拒もうにもそこは広すぎる海の上。

どこに逃げることはかなわない。

そんな状態の中で人間の精神というものは正常さを維持できるものではない。

どうして自分だけがこんな目に遭わなければいけないのか？　と疑念を抱いたとしてもおかしくはない。

そしてそれはどんな高僧だとしても同じなのだ。

人間というのは弱い生き物だ。

弱さは逃避を生み、疑念は妬みなどの悪しき方向へと向かう。

それは説明のできない怒りへと変わり「特定の者へ」ではなく生きている者全てといった「不特定多数へ」の憎悪へと変わるのが普通なのだ。

……まだ生きている者が羨ましい。

……この怨みを誰かにぶつけて晴らしたい。

そうなった時がもっとも厄介で危険だ。

ソレはすべての修行を終え、超自然的な力を持って死んだ高僧なのだから。

そんなモノが乗った船に出会ったとしたら？

その最悪の形がこれから書く内容になる。


島根県に住む柳瀬《やなせ》さんはコンピュータ関係の会社に勤める四十六歳の既婚男性。

会社では総務部一筋で働いてきたが、仕事柄、屋内にいることが多くなってしまい、外に出る機会が少ない。

これでは肉体的にも精神的にも不健康だと思い、休みの日にはできるだけ外で過ごすようにしている。

そんな彼が趣味としてずっと続けているのが釣りとキャンプだ。

その日も友人四人と近くのキャンプ場に出掛けた。

そのキャンプ場を選んだのはすぐ近くに海があり、釣りも楽しめるから。

自分たちで釣り上げた魚を焼きながら酒を楽しみたいと思い続けてきたが、ようやくその夢が叶うと期待は膨らむばかりだった。

彼らは波打ち際から少し離れた砂浜に大きめのテントを二つ張った。

現地に着くと、そのまま全員で釣りを始めたが、なぜか誰一人何も釣れない。

何度かポイントを変えて釣りを続けるが、釣れないどころか餌に食いつくことすらなかった。

海は荒れてもおらず凪いでもいない。まさにちょうどいい釣り日和なのだが……。

「なんか今日はおかしいよな？　これじゃこの海に魚が一匹もいないみたいじゃないか！」

一人がそう叫んだ。

確かにその通りだった。

その釣り場はかなりの釣果が期待できる釣り場として知られていた。

実際に彼らの中の一人は以前その場所で持って帰れないほどの釣果を上げていたし、いつもは多くの釣り客で溢れかえる絶好の釣り場だった。

しかしその日は彼ら以外の釣り客は一人もいなかった。

今考えるとそれはとても奇妙な光景で、まるでその日は何も釣れないのを知っていて誰も近づかないのではないか、と思えるほど。

それでも諦めきれない彼らはそれからも小一時間、必死で釣りに没頭したが、結局何の手応えもないまま釣りを諦めて、近くのコンビニへと走った。

それでもみんなで囲むキャンプの酒宴は楽しいもので、釣りが不発に終わったことなどすっかり忘れて大いに盛り上がった。

辺りは既に暗くなっており、相変わらず他には誰もいない砂浜でのんびりと横に並んで色んな話で盛り上がっていた。

そんな時のことだった。

「お、おい！　……あれ、なんだよ？」

彼らの中の一人が海を指さし大声で叫んだ。

彼も指さす方を見ると、そこには暗い海の上をこちらへとゆっくり近づいてくる小舟がはっきりと見えた。

どうして真っ暗な海なのに近づいてくる船がはっきり見えたのかは彼にもわからない。

ただその時の周囲の様子は明らかに普通ではなかった。

海は波一つなくなっており、まるで海ではないかのようにすら感じられた。

いつしか波の音も風の音も消えている。その中を、
ギーギーギーギー……ギーギーギーギー
と、軋み声をあげながら、小舟がゆっくりと近づいてきていた。

まるでレールの上を滑っているように、全く揺れを感じさせない動きだった。

ギーギーギーギー……ギーギーギーギー
舟を漕ぐ音だ。

しかし舟の上には誰も乗っておらず、その気味の悪さに彼らは戦慄した。

その小舟はどう見ても現代のものではなかった。

歴史の教科書で見たことのある、木材だけで造られた古くみすぼらしい舟。

そんな舟が突然目の前に現れ、ゆっくりと近づいてくるのだからその恐怖は計り知れない。

しかもその時彼らは別の異変にも気付いていた。
それはかなりの速さで波打ち際がこちらへと近づいてきているということ。
満潮だとしてもその速さは異常だった。
……ピチャッピチャッ……ピチャッピチャッ……。
暗い海を歩いて、何かがこちらへ近づいてくる。そんな音と気配がする。
だが、それらしき姿は見えず、彼らは戸惑うしかなかった。
それでも逃げ出さなかったのは、その場には彼を含めて五人も大人がいたから。
しかし、そんなやせ我慢もちょっとしたきっかけで脆く崩れ去るものだ。
「うわぁぁぁぁぁ！」
友人の一人が恐怖心に負けて、大声を出しながらその場から逃げだした。
一人が逃げ出すと、あとはもう歯止めが利かなくなった。
全員が我先にと逃げ出し、そのまま一つのテントに五人全員が逃げ込んだ。
海から何が近づいてきているのかは見えなかった。
しかし何かが近づいてきているのだけは間違いなかった。
彼らは息を殺し、全神経を耳に集中させる。

生きた心地がしなかった。

オバケなど信じていなかったが、この時ばかりは神様に手を合わせ祈った。

どうか、お助けください、と。

しかし、即席の信心など意味は持たないのかもしれない。

ザッ……ザッ……ザッ……ザッ……。

今度は砂浜を踏みしめる音がこちらへと近づいてくる。

足音はテントの前まで来ると、そのままテントの周りを回り始めた。

更に突然聞こえてくる読経の声。

小さくなったり大きくなったりを繰り返しながら響く読経の声はとても低く、そして震えていた。

まるで怒りを表しているかのように。

そんな時、彼らの中の一人が叫んだ。

「これって何なんだよ！　絶対に誰かのイタズラに決まってる！　オバケなんてこの世にいるわけねえだろ！　くそっ、なめやがって！　俺が正体を暴いてやる！」

その声にもう一人の友人も呼応した。

「そうだな！　俺も行く！」

二人の狂気に満ちた勢いに、彼は慌ててなだめすかした。

「おい、待てよ！　落ち着けって！」

そんな彼の言葉も聞こえないのか、そのまま二人はテントの外へと出ていった。

「どうする？　助けに行かなくちゃ！」

そうは言ってみたが恐怖で身体は動かない。残された三人はそのままテントの中で震えているしかなかった。

両手で耳を塞ぎ、両目をしっかり瞑ったまま……。

三人はそのまま一睡もできずに朝を迎えた。

外では言い争う声も何も聞こえなかった。

テントから出ていった二人の声はテントから出た瞬間、何も聞こえなくなっていた。

聞こえていたのは何事もなかったように聞こえ続けるテントの周りを歩き続ける足音と読経の響きだけ。

しかし、それも夜が白み始めると少しずつ遠ざかっていき、やがて消えてしまった。

テントに残った三人はすぐには恐怖で外に出られなかった。

それでも午前六時を回った頃、砂浜の方からざわざわとした大勢の声が聞こえてきて、ようやく外へ出る勇気が持てた。

外へ出ると、波打ち際の辺りで朝釣りに来た釣り人らが集まってざわざわと騒がしい。何事かと近づいていきその光景を見た瞬間、彼らはその場で凍りついた。

前方の砂浜の波打ち際には、正座したまま上半身だけを前傾させて海の中に漬けている友人二人の姿があった。

呆然としていると誰かが呼んでくれたのか、すぐに救急車が到着した。だが、顔を完全に海の中に没したまま固まっている姿に、誰もが手遅れだと確信していた。

二人は既に絶命しており、浅い海水に浸かったまま死んだその顔は奇妙なほど幸せそうに笑っていた。

……まるで何か良い夢でも見ているかのように。

この話を聞いた時に、最初に浮かんだのが舟葬の禁忌だった。

舟葬のことは幼い頃からずっと漁師の叔父に聞かされていて、俺自身怖くて仕方なかったものだ。

舟葬で送られた者は海で誰かに出会うのを心待ちにしている。

誰かを道連れにするために。

そしてその顔を見た者は例外なく連れていかれるそうだ。

……あっちの世界へ。

ちなみに現在、その浜辺は完全に閉鎖され、ブロックまで敷き詰めて舟が一切近づけなくなっているそうだ。

狗神というもの

この世には科学や物理法則だけでは決して説明がつかないことも確かに存在している。

それと同時にどう足掻いたとしても人間には抗えない禁忌や呪いといったものも確実に存在する。

それらが日常に忍び寄ってきた時、あなたには何ができるのだろうか？

これは拙著の読者である八代《やしろ》さんから寄せられた話。

八代さんはこれまで幾多の怪異を経験しその度にその経験値からの深い検証で対応してきた。

その幾つかは私に提供され、すこぶる恐ろしい怪異として何度も拙著に収録させていただいている。

そんな八代さんが従姉のA子さんから怪異について相談されたのは今から十年ほど前になる。

当時のA子さんは結婚して岡山県に住んでおり、Bさんという主婦と仲が良く、どんなことでも相談しあえる関係だった。

そんなBさんから電話がかかってきたのは前年の年の瀬。

「なんかね、部屋の中が獣臭いんだよね」。

そう聞いても、A子さんは気のせいだろうくらいにしか受け止めていなかった。

しかしBさんからは翌週末にも電話がかかってきた。

「あれからずっと部屋の中が獣臭いの。どうしたらいいと思う？」

Bさんの声は明らかに怯え震えたような声だった。

ただA子さんとしてはあくまで臭いに関する愚痴として捉えていたこともあり、正直なところ「ちょっと大袈裟なんじゃないの？」とそれほど真剣には聞いていなかった。

そんなBさんから緊急の電話が入ったのは二回目の電話が終わった日の真夜中。

「うわぁぁぁぁぁ……パパ、ママたすけて～！」

家族が寝静まった真夜中、泣き叫ぶ娘さんの声に驚いたBさん夫婦はノックもせずに部屋に飛び込んだ。

すると部屋の中には、ベッドの上でガタガタと震えながら泣き叫ぶ娘さんの姿があった。

「どうしたんだ！　何があった？」

必死に声を掛けるが、娘さんは何かに怯えたように泣き叫ぶだけ。

Bさん夫婦は何が起きたのか確認しようとしたが、見ればすぐにわかった。娘さんの身体は何箇所も傷がつき流血していた。

すぐさま救急車で病院に搬送されたが、娘さんの身体には頭から足の先に至るまで無数の噛みつき傷が残されており、医師も首をかしげる始末。何らかの獣の噛み傷と思われるが、ネズミのような小動物のものではないと言う。

そもそもBさんの家ではペットを飼っておらず、流血するような深い噛み傷を無数に残すなど在りえないことであった。

その後、命にかかわる傷ではないので、娘さんが落ち着いたところで一旦自宅に戻り、これからの対処を考えようということになった。

それを聞いてA子さんもことの重大さに気付き、その手の問題で何かと相談に乗ってもらっていた八代さんへ連絡したのだ。

八代さんも最初にその連絡をもらった際、これは何か大変なことが起きているのかもしれない、と嫌な予感が脳裏をかすめたという。

しかし仕事で忙殺される毎日を送る八代さんには、岡山県の現地に行って細かく調査し検証する時間などあるはずもなかった。

しかし悠長に構えている時間の余裕もないのは明白。

ならばと、八代さんはＳｋｙｐｅ《スカイプ》を利用し、画面越しにはなるが、Ｂさんから直接話を聞いてみることにした。

Ｂさんの生い立ちから、それまでの人生で起きた事件や事故に関して、できるだけ詳しく聞き取ることで、今現在娘さんに起きている怪異の原因を探るのだ。

しかし、それを聞く前にＢさんの口から意外な言葉を聞くことになった。

娘さんが病院から戻ったのと同じ日。

旦那さんが気味の悪い女に追いかけられたという。

黒い着物を着た女が顔全体を包帯で覆い、右目だけを露出させた姿で、旦那さんから付かず離れずの距離で付いいてくる。

足音もなく、まるで滑るように跡を付けてくる女は旦那さんの言葉を借りれば、とても生きている人間の動きではなかった、ということだった。

その話を聞き取るだけでその日のＳｋｙｐｅは終わってしまい、Ｂさん自身の生い立ちや人生に関しては何も聞けなかったが、八代さんは次第に嫌な方向へと怪異が進むのではないかとますます不安が募った。

そして、八代さんの不安はそれからすぐに的中してしまう。

Ｂさんの実母が歩道橋から落下して危篤状態だと連絡が入った。

それを聞いてさすがの八代さんも放ってはおけず、なんとか予定を調整し、岡山のＡ子さんと合流してＢさんの実母が運び込まれた病院へと向かった。

病院に着くと、Ｂさんは廊下の椅子に腰かけ、声にならない泣き声を漏らしていた。

その姿を見て、八代さんはふいに閃くものがあった。

ずっとＢさんの生い立ちや人生に起因した怪異だと思い込んでいたが、もしかしたらＢさんではなく家族や両親に起因した怪異なのではないか、と。

しかしそれを尋ねてもＢさんは要領を得ない。

これでは出直すしかないかと諦めかけていた時、奇跡的に母親が意識を取り戻した。

藁をも掴む思いでＢさんの母親に問いかけてみると、しばらくの沈黙の後、母親は重い口を開いた。

Bさんの母親が幼少の頃、親戚にひとりの美しい女性がいた。誰もが振り返るほどの美しい容姿で、そのうえ素敵な恋人もいたらしく、周囲からも羨ましがれていたそうだ。Bさんの母親もそんな完璧な彼女に密かに憧れていた。

しかしある時、恋人とドライブ中に事故を起こし、運転していた恋人は即死、彼女自身も大怪我を負ってしまう。

顔が変形してしまうほどの怪我と恋人を失った悲しみで、女性は精神を病んでしまった。傷自体は癒えても容姿は元に戻らないまま退院した女性は、顔じゅうに包帯を巻きつけ右目だけを露出した状態で喪服を纏い、一日中ケタケタと笑いながら街なかを徘徊した。

更におまじないとして手製の奇妙な祭壇を作り、どこからか捕まえてきたコウモリやムササビ、イタチなどを殺しては、まだ心臓が動いているうちに祭壇へ供えていたという。

それを聞いた時、八代さんは間違いなくそれらが犬神憑きのように作用してしまったに違いないと確信した。

そこで迷うことなく高梁市《たかはし》にある木野山《きのやま》神社を紹介した。

関東の武蔵御嶽《むさしみたけ》神社、三峯《みつみね》神社と並んで古代より日本の生態系の頂点にいたニホンオオカミを神の使いとして祀った由緒ある神社である。ここならば必ず良い方向へ向かわせてくれると願っていた。

八代さんから進言を受けたBさん一家は取るものもとりあえず木野山神社へと参拝し、お祓いを受けた。

数日後、A子さんを通じてBさん一家が元気になったという報せをもらった。

お祓いの最中、Bさんの家族の耳元ではずっと、

「悔しい……悔しい……苦しい……苦しい……」

女性のそんな声が聞こえていた。

同時に、Bさんの脳内にはコウモリやムササビ、イタチが繰り返し襲い掛かってくるイメージが再生され続けた。

だが、宮司さんの声が次第に大きくなり、頂点に達したと思われた直後、数匹の狼が背後から現れてそれらを食い散らかしたイメージが突如として流れ込んできた。

そして、それら数匹の狼はそのまま一点を睨みつけた。

その視線の先には顔を包帯で覆った例の女性がいた。両者はしばらく睨みあっていたが、やがて女は狼から逃げるように遠くの闇へと消えていった。

それがお祓いの最中に起きた全てだという。

その後、何か悪いものから解放されたように感じたBさんは、親戚に調べてもらい、一家で揃ってその女性のお墓参りに行った。

いざ訪ねてみると、これまでお参りする者など誰もいなかったのか酷い荒れようで、墓石を見つけるにも苦労する状態であった。

それを見たBさんは酷く悲しく憐れに思えて、何日か掛けてお墓を綺麗にすると、以後毎月の墓参りを欠かさないようにしているそうだ。

後で調べてわかったことなのだが、その女性の当時の家族は両親や兄妹も含め、全員が若くして亡くなっていた。Bさん家族が体験した怪異や不幸も、もう少し対応が遅かったならば一家もろとも根絶やしになっていた可能性も否定できない。

心霊写真の作り方

個人的には心霊写真の九割以上は単なる偶然の産物だと思っている。

『幽霊の正体見たり枯れ尾花』という言葉があるが、人は見たいものを見たいように見る。

つまり世の中に溢れている心霊写真は故意かどうかは別にして、その殆どが偽物だと思っている。

しかし反面、俺は本物の心霊写真が確実に存在することも知っている。

そして、それがどれほど危険なモノかもよく理解しているつもりだ。

……それは自らの過去の体験によって。

それによってどれだけの命や健康が失われたのかはあえてここでは書かない。

だが、本物に出会う確率がどれだけ低かろうが心霊写真は確実にこの世に実在している。

更に言えばその中には、それを見てしまうだけで謂《い》われのない呪いにかかる場合もある。

本物の心霊写真とは、死者の恨みや憎しみが詰まった呪いなのだ。

多くの者の死や不幸を飲み込みながらそれは増幅する。

それなのに、心霊写真をネットにアップしたりスマホに保存し誰かに見せるという行為をする者があまりにも多すぎる。

もしも心霊写真を見た瞬間、全身に鳥肌が立ったり悪寒が走ったりしたならばそれは本物の可能性が高い。

あなたの中の生存本能が危険を察知してしまったのかもしれないから。

そんな場合には速やかにその写真を消去することをすすめたい。

勿論、消去できれば……ということにはなるが。


茨城県にお住まいの設楽《したら》さんは現在三十二歳のウェブデザイナー。

以前はデザイン事務所に勤務していたが二十八歳の時に独立し、今は自宅での仕事が殆どだという。

元々デザインセンスには定評があったせいか仕事は順調で、昨年にはそれまでのワンルームマンションからセキュリティが万全な高級マンションに引っ越した。

それでも不安で仕方ないという彼女は、どうやらより快適な住環境を求めての住み替えではなく、防犯が目的での引っ越しだったらしい。

……あることから逃れたい一心で

彼女は元々、都市伝説や心霊というオカルト全般に強い興味を持っており、自分自身にも強い霊感が備わっていると信じて疑わない人間だった。

更に自己顕示欲も強い彼女は常日頃からオカルトの知識を自慢したり自らの霊感を誇示したりできる機会を欲していた。

ただウェブデザイナーという仕事の性格上、そもそも自宅から出ることすら少なかった彼女は、リアルに他人と接触する機会が殆どなかった。

そうなるとネットでの趣味活動ということになるが、どうやら彼女はネットの世界でも誰とも仲良くなれなかった。

勿論それは彼女自身の性格によるところもあるのかもしれないが、そんな理由から彼女は暇さえあれば関東近辺で開催されるオカルト的なイベントに、リアルで参加するようになっていった。

しかしそんなイベントに出かけていっても彼女のすることといえば、ネット世界と同じ。

自分の霊感を自慢し、誰彼構わずマウントを取るようになっていった。

彼女にとってそれはとても居心地の良い空間だったのかもしれないが、周りの参加者にとっては迷惑でしかなかったのだろう。

知らぬ間に周りから敬遠され、誰からも相手にされなくなった。

彼女が自称する霊感というものが本物なのかどうかは俺にはわからないし、ある意味どうでもいいのだが、問題なのはそうなっても彼女が自らを悔い改めなかったことだ。

周りの人間を低レベル扱いして自らの悪い部分を顧みない。

挙げ句、彼女は別の手段を思いついてしまう。

それは明らかに恋人すらいないと思われる男性に近づき、自らの信者とすること。

彼女は容姿にはそれなりに自信があったようで、友達になろうと近づき、信用させてから自分の霊感を誇示したかったようだ。

そんな彼女の目論見にまんまと引っ掛かってしまった一人の男性がいた。

それはHという四十代後半の会社員男性だった。

Hは結婚歴がないだけでなく、それまで生きてきて彼女ができたことすら一度もなかった。

中小企業に勤めており、市内のボロアパートで質素に暮らしていた。

自炊し節約しながら暮らしていたHにとっては、オカルトだけが唯一の楽しみだったのかもしれない。

そんなオカルトイベントで強い霊感を自称する彼女に出会ったのだから、憧れや尊敬の念を抱いたとしてもなんら不思議ではない。

そんな彼の気持ちを彼女は利用した。

オカルトへの憧れと彼女への憧れが混同するように恋愛感情を揺さぶりながら。

それはとても簡単な恋愛ゲームのようだったと彼女は言った。

まるで中学生男子を相手にしていたようだった、と。

休みの日には霊感を見せてあげると言っては、恋人同士のようなデートを繰り返した。

夜には心霊スポットへ二人きりで行き、その帰りには高級ディナーを食べながらお酒を楽しんだ。

勿論、彼女は一円も出す気はなかったようだ。

二人の仲がどれだけ親密なものだったのかはわからない。

しかしHの感情がより親密度を求めるものに変わっていったと知った彼女がそれを受け

入れることはなかった。

そのまま奴隷のように都合よく使ってやろうと思っていたが、それが無理だと確信すると鬱陶しくなってしまい、すぐに彼を排除しようとした。

SNSを全てブロックし、携帯も着信拒否にしてイベントにも参加しないようにした。

普通ならばそこまでされれば気付くのだろう。

自分は嫌われているのかもしれない、と。

いや、もしかしたらHも本心ではとっくに気付いていたのかもしれない。

しかしHの気持ちの昂ぶりは自制が効かないほど舞い上がっていたのだろう。

既に嫌われ相手にされていないことがわかっていてもそれを自覚できないほどに。

どういう方法を使ってそれを知ったのかはわからない。

しかしある日突然、Hが彼女の住むマンションを訪ねてきた。

想い焦がれていた大切な恋人に出会えたかのような嬉しそうな笑顔で。

彼女にとっては青天の霹靂とも言える事態であり、その時点で正直に全てを打ち明けて謝るべきだったのである。

しかし、そんな逃げ場のない場面でもずる賢い彼女は彼に対してこんな言葉をかけたという。

……優しく抱きしめながら。

「やっぱり一番好きなのはHさんだけ。でも今は会えないの。Hさんに迷惑がかかるから。だからもうしばらく待っていて！」と。

そうして彼女から提案したのが、毎日自撮りしてお互いに写真を送りあおう、というものだった。

自分が一番よく撮れたと思う写真を毎日交換しようよ、と。

そんな言葉を彼女はHに渡した。

ずっと部屋の奥に隠し持っていた、捨てても捨てきれなかった呪物とともに。

その提案を聞いたHは呪物を抱えて嬉しそうに帰っていったそうだ。

しかし彼女がHに自撮り写真を送ることなど殆どなかった。

最初の数日間は彼女が写ってもいない風景や部屋の写真を適当に見繕って送ってはいたそうだが、やがてそれも面倒臭くなってやめてしまった。

そのうちにマンションを引っ越してしまえばいいと軽く考えていた。

しかしそれに対してHは真面目にお洒落した自撮り写真を毎朝送ってきた。

それがHにとってどんな気持ちが込められたものなのかはわからないが、自分だけがせっせと写真を送り続けても彼女の写真は一枚も届かない毎日。

やがて三か月ほど過ぎた頃、そんなHにも悲し過ぎる現実というものが理解できたのだろう。

Hからの写真が送られてくるのがピタッと止まった。

それは彼女にとってようやく面倒くさい奴から解放されたという喜びの瞬間だったそうだ。

しかし、しばらく経ったある日、また彼からの写真が送られてきた。

その写真に写っているのはどう見ても彼女の部屋であり、まるで隠し撮りでもされたように彼女が写る不自然なアングルだった。

そうして写る彼女の背後には体半分と顔だけを出して覗き込むように写り込むHがはっきりと確認できた。

その顔の色と表情は全く生気を感じさせないもの。

そんな写真は少しずつアングルを変えながら三日間もの間、送られてきた。

そして最後の写真には明らかに天井からぶら下がって変色し、首が伸びきった状態の彼の姿がはっきりと写り込んでいた。

知人からの連絡で彼の死を知ったのはそれから数日後だったが、それによるとHが自殺したのはHから奇妙な写真が送られてくるようになった前日。

つまり自殺したH自身が自撮りした写真を送りつけてきていたということになるが、それよりも恐ろしかったのはその写真に写っているのはHの部屋ではなく彼女の部屋だったということ。

さすがに恐ろしくなった彼女は自慢の霊感で解決策を練ることはせず、すぐに今のマンションへと移り住んだ。

しかしそれでも不安は募るばかりで、なんとか助けてほしいと懇願してきた。

「なんとか安心できるようになる方法はありませんか？　私はHに対して何も悪いことはしていません。Hさんの私への推し活が勝手にエスカレートしていっただけなんです」と。

本当にそうだろうか？

彼女が厄介払いのために嘘を並べてHの心を弄んだ時点で、なんとかして捨てたいと思っていた呪物をHに手渡して保身だけを願った時点で、彼女はもう人間ではなくなっているような気がするのだ。

少なくともそんな彼女を救いたいという気持ちを俺は持ち得てはいない。

それに俺はこう考えている。

……彼女は既に手遅れで助からないだろう、と。

自らを霊能者だと名乗り、Ｈを弄んだ挙げ句に突き落としたからではない。

全てはＨと自撮り写真の交換を提案し、呪物を渡した時点で終わっている。

写真と呪物、それに自殺が絡み合った時の恐ろしさは想像すらしたくないほどに最悪だ。

それがわかっているのかは知らないが、彼女はマンションを移り替えた。

オカルト的な不安からの逃避として。

しかし間違いなく思い知るだろう。

どんなに先進のセキュリティだとしても、オカルト的な不安が払拭できるはずはないのだから。

しかしオカルトが大好きで強い霊感を持つ彼女にはこれで良かったのかもしれない。

彼女は霊能者として望むべくもない貴重な心霊写真を手に入れたのだ。

……まさに最恐で最悪の心霊写真を。

そしてその恐怖と終わりはこれから始まるのだ。

……彼女が彼に連れていかれるまで……ゆっくりと時間をかけて。

継母

これは奈良県に住む佳苗さんという二十代の女性から寄せられた話になる。

彼女が高校生の時に両親が離婚した。

その際、本人の意志とは関係なく母親ではなく父親に引き取られる形で彼女の新しい生活がスタートした。

彼女としては父親との共同生活は想定外のものだった。

実際それまでの生活では母親とは仲が良かったが、父親とは会話することも稀だった。

だから正式に父親との二人暮らしが決まった時には悲しみと絶望で涙が止まらなかった。

どうして自分を引き取ってくれなかったのかと母親を恨んだ。

どうにかして現状を変えられないかと模索していたが、経済的な後ろ盾がない自分にはどうしようもない壁があると悟った。

彼女はできるだけ心を閉ざして父親と生活していこうと決めた。

少なくとも経済的に自立できるまでは。

しかし実際に父親との二人だけの生活が始まってみると、特にそれまでの暮らしとの違和感は覚えなかった。

元々両親は共働きだったから、家族の中で一番早く帰宅するのは彼女だった。

そして彼女の家ではお腹が空いた者が自分の食べたい物を作って食べるという暗黙のルールが存在していたらしく、それは新生活後も何も変わらなかったから。

逆に一カ月に一度会える母親は以前にも増してとても優しかった。

何でも好きな物を買ってくれたし、行きたい所へ当たり前のように連れて行ってくれた。

だから彼女としてはその頃の生活をとても心地よいものだと受けいれていった。

そして何より家を出ていったのは母親であり、父親と彼女はそのままの家で暮らすことになっていた。

いつもの場所に必要な物が置いてあり、以前のままの生活が送れるのはそれだけでも気持ちに余裕が持てた。

……それから数年。

元々、彼女としては高校卒業と同時に実家を出ようと考えていたが、思いのほか父子家庭の居心地が良すぎて、実家での生活が長引いてしまっていた。

それが突然変わったのは高校を卒業し、彼女が働き始めてから四年ほど経った頃。

いつもは不機嫌で会話もない父親が、妙に上機嫌で彼女に話があるから聞いてほしいと呼びに来た。

その際に聞かされたのが、再婚するつもりだという父親からの告白だった。

まさに青天の霹靂としか言えなかった。

父親との距離感があったからこそ気楽だったし自由を満喫できていた。

そこに知らない女が入ってくることなど断じて認めることはできなかった。

しかしどうやら父親は彼女の賛同など初めから求めてなどいなかったようだ。

再婚予定の女性の話を嬉しそうに聞かせ続けた後、さっさと自分の部屋に戻ってイビキをかいて寝てしまった。

その後、一人部屋に残された彼女はこれからの生活を憂い気が重かった。

今度こそはできるだけ早く家から出ていこうと決意した。

しかしそれからの展開が本当に早すぎた。

ほんの数週間前には元気で会っていた母親が突然の病で急逝した。

そこでまた彼女の家から出るという夢は儚く消え失せた。

彼女は一人暮らしではなく、母親との同居を画策していたのだから。

ただ母親が亡くなったというのに父親の再婚話が消えたり延期されることはなかった。

父親の告白から三日後には父親が女性を連れて帰宅し「新しいお母さんだ。仲良くしてくれ」と一人の女性を紹介された。

年齢は三十八歳で細身のおとなしめの綺麗な女性で、名前はサキコと名乗った。

父親は既に五十歳を越えており、お世辞にもイケおじとは言えないし、性格が良い訳でもなかった。

いや、そもそも父親は社交性が欠如しており、喋るのが苦手でメタボだった。

完全に根暗の部類に入る人間だと思う。

そんな父親がどうしてこんな若くて綺麗な女性と？

最初に頭に浮かんだのはそんな疑問だった。

そんな彼女の疑念を感じ取ったのか、サキコはニッコリと笑いながら、

「これから母親として頑張っていきます。不慣れな点もあるかと思いますがよろしくお願

いしますね」

そう挨拶してきた。

とても感じの良い挨拶だったし、サキコから滲み出ている雰囲気も上品で穏やかさを感じさせるものだった。

しかし彼女はその時点で何か気持ちの悪さと違和感を抱いていたという。

……きっとこの女は別の目的で父親と結婚するに違いない、と。

しかし実際に家族として暮らし始めるとそれらの疑念は一瞬で吹き飛んでしまった。

サキコは何をするにも常に一生懸命で気配りができ、どんな時でも出しゃばることはなかった。

掃除や洗濯が好きだったから家の中は常にきれいな状態で保たれていたし、いつも量を作り過ぎるという欠点はあったがどの料理も抜群に美味しかったし、頭が良いのか、どんな話題に対しても博識で、普通なら絶対に知らないようなことまで熟知していた。

いつしか彼女もサキコと仲良くなり、全幅の信頼を置くようになった。

休日には二人だけで出かけることも多かったし、自分のお金で色んなものをご馳走してくれた。サキコが新しい母親になってくれて良かったと本気で思っていた。

しかし、ある時彼女はサキコからこんなことを言われたという。

「○○ちゃんってなかなか太らないわよね？　あんなに沢山食べさせてるのに」と。

とても不思議な気持ちになった。

……どうして太らないことを心配されなくてはいけないのか？

……少なくとも私は普通体型であって痩せすぎではない。

しかしその直後にサキコがうっかり口にした言葉で彼女は背筋が冷たくなった。

一年かけてお父さんはあんなに太らせたのに、○○ちゃんが太ってくれないと楽しみが半減しちゃうじゃない？　お母さんのために頑張ってよ！　と。

その時、彼女はわざと気付かないようにしていた違和感が頭の中を駆け巡った。

サキコは家に来てから何も食べてはいない。

少なくともサキコが何かを食べているのを一度も見たことなどなかった。

家族で食卓を囲む際にもサキコだけは何も食べてはいない。

外で外食をする際にもサイコだけは何も口にしなかった。

おかげで父親はどんどん太っていき、彼女も体質だけでは体型をキープできずスポーツジムに通うようになっていた。

それなのにサキコだけは痩せもせず太りもせず、初めて会った時の体型を維持している。

そんなことがありえるだろうか……と。

その気持ち悪さに気付いてしまってからすぐに、彼女は実家を出て一人暮らしを始めた。

父親は止めなかったがサキコは必死でそれを阻止しようとした。

そして彼女が実家を出てから一カ月が過ぎた頃、突然父親が失踪した。

慌てて実家に戻ると、サキコはいつも通りにこやかな笑顔で迎えてくれたがそれが彼女にとってはトラウマになった。

確かに既に破綻している夫婦ならば夫の失踪を悲しまない妻もいるのだろうが、その時のサキコの笑顔は満足げで嬉しさに溢れた満面の笑みにしか見えなかったから。

だから彼女は必死にサキコの正体を探ろうとした。

役所に行き、サキコが以前働いていたという会社にも行った。

しかしどこにもサキコが生活していた事実も働いていた事実も見つからない。

いや、それどころかそもそもサキコが存在している裏付けさえ何一つ見つからなかった。

父親が失踪してから既に一年以上が経つが、相変わらず父親は行方不明のままで何の手掛かりも見つかってはいない。

そして彼女の元には頻繁にサキコからの連絡が入っている。
「どう、ちゃんと太った？　そろそろ戻って来たら？」と。

たすけて

心霊スポットには絶対に行くべきではない。

そんな声を聞くことも多いが俺は決してそうは思わない。

俺自身、本当に多くの心霊スポットに行った経験がある。

それらは自らの意思によるものではなく嫌々という場合も多かったが、それらの体験で自分なりにわかったことがある。

それは心霊スポットに行くという行為は楽しいということだ。良くも悪くも行く前からドキドキし、現地に行ってから帰るまでずっと非日常を体験できる。

そういう非日常は時間が経つにつれて本当に楽しく、大切な思い出になってくれる。

だから若いうちはどんどん心霊スポットに出向いて非日常を楽しめばいいと思う。

一人で行くも良し、仲間たちや意中の異性と行くも良しというのが俺の私見だ。

ただ一つだけ絶対に守らなければならないルールが存在する。

不法侵入となるような場所は言うまでもなく禁じられている。そうではなく行ってはいけないスポットというものがある。

それは自殺の名所と言われる心霊スポットだ。

この世には数多の心霊スポットが存在しているが、その殆どは噂が噂を呼んで意味もなく肥大化したものだと思っている。

しかし自殺の名所と言われる場所だけは噂ではなく、リアルに沢山の者が自ら命を絶った場所。

つまり正真正銘の心霊スポットなのだ。

そして自殺霊ほど厄介で危険なモノはいないのだ。

自殺霊は死んだ場所に呪縛され、恨みや寂しさから無関係の者を連れていこうとする。

結果として危険極まりない心霊スポットになってしまう。

心霊スポット探訪を楽しい非日常にしたいのならば、絶対に自殺の名所には近づかない方が身のためだ。

自らも自殺霊になりたくないのなら。

日本海側に住む穂高さんは四十一歳の会社員。

「身バレを防ぐために県名や固有名詞は一切出さないでほしい」

そう何度も念押しされているのでご理解いただきたい。

彼は高校生の頃から地元の心霊スポットを数多く回ってきた。

これまでにも危険な噂が流れている廃墟や行けば祟られる、生きては帰って来られないと言われている場所にまで足を運んで隅々まで探索してきた。

そんな彼でも自殺の名所と言われる場所には決して近づかなかった。

それは誰かのアドバイスではなく、自らの生存本能に従っただけのようだがそのお陰かそれまで一度も生死にかかわるほどの危険には遭遇することなく楽しい心霊スポット探索を満喫することができた。

そしてこれは彼が社会人になってから三年ほど経った頃の出来事。

大学を卒業し地元企業に就職した彼はそれまで一緒に心霊スポットに出かけていた友人たちが遠方に引っ越してしまったこともあり、心霊スポットには一切近づかなくなっていた。しばらく心霊スポットに近づかない生活をしていると、なんとなくその行為自体への興味も薄れ、やがて関心すら持たなくなっていた。

そんな彼が再び心霊スポットに行くことになったのは、新卒で配属されたSという後輩社員との出会いがきっかけだった。

Sは昔から一人で多くの心霊スポットを巡っていたというのだ。

その点では彼ととても似ており、歳も近かった彼らはすぐに打ち解け仲良くなった。

話すのはいつも心霊スポットに関する話題ばかりだったが、彼にとってもそれはどこか懐かしく感じられ、決して不快に感じるものではなかった。

そんなある年の十一月、彼の会社では繁忙期を避けての早めの忘年会が催された。

隣県の温泉宿での一泊二日の忘年会はそれなりに盛り上がり、彼もおおいに呑んで日頃の憂さを晴らした。

しかし問題は翌日の帰り道だった。

その日は土曜日で仕事も休みだったことからSが思いがけない提案をしてきた。

「帰り道のすぐ近くに心霊スポットがあるから皆で行きませんか?」

彼がそう誘われた時には既に男女合わせて六人の参加者が集まっていた。

嫌な予感がした彼は、その誘いを適当な理由を考えて断った。

それは帰り道にある心霊スポットで真っ先に思い浮かんだのが、自殺の名所として有名な海に突き出した岬だったから。

観光地化され多くの観光客が訪れるその岬だが、今でも昔と何ら変わらず毎年二桁の自殺者を出しているのを知っていた。

それに過去には彼もいつもの仲間とその岬を訪れたが、昼間だというのに感じた異様な暗さと強い吐き気でそそくさと退散してきたトラウマもあった。

だから彼は頑《かたく》なに誘いを固辞したが、Sを含む七人の盛り上がった好奇心を振り払うことは不可能だった。

しかも隣県での忘年会ということで彼の車に乗せてきてあげた女子社員までが、Sの興奮が伝染したかのように彼を執拗に誘ってきた。

確かにSは過去にも何度かその岬へ行き、辺りを探索したことがあるという話は聞いたことがあった。

しかし、彼自身もSに対してその岬へのトラウマを何度も話した記憶があった。

つまり彼にしてみればその提案は彼に対する裏切りに等しかった。

だから彼にしてみれば最初は聞く耳すら持つつもりはなかった。

しかし彼は余計な心配をしてしまう。

あまり固辞し続けると逆に変人に思われてしまい、今後の仕事にも影響が出てしまうのではないか、と。

結局彼は、その日が快晴だったことから嫌々ながらもその誘いを受け入れた。

彼を含めた八人は三台の車に分乗して岬に向けて移動を開始した。

最初に向かったのは廃業した遊園地。

そこは遊具で事故死した霊が出ると噂されていたが、特に何も起こらず穏やかな気持ちで久しぶりの心霊スポットを楽しむことができた。

しかし次に向かう先として告げられたのはあの岬だった。

彼は憂鬱な気持ちをなんとか堪えながら他の車に付いていった。

しかし予想外に件の岬に到着した彼の心は暗く塞いではいなかった。

自殺の名所としてその名を轟かせていた岬に近づくにつれて、以前とは様子が違うことに目を見張った。

噂通りに観光地化が進んでおり、多くの観光バスが行き交い、かなりの賑わいを見せていた。

以前のネガティブで暗いイメージは良い意味で完全に払拭されていた。

それは車を駐車場に停め、車外に出た時に確信に変わった。

……もうこの場所は以前のヤバい心霊スポットではない、と。

多くの観光客がワイワイガヤガヤと岬までの行程を楽しそうに行き来している。

快晴の日差しが岬全体を明るく包む賑やかな様子からは、陰湿な暗さも吐き気も全く感じない。

彼はホッと胸を撫で下ろして何枚も写真を撮りながらはしゃいでいる同僚たちに付いて岬への行程を歩き出した。

石畳みの歩道が砂利道に変わった頃、同僚の一人が眩暈を訴えてその場にしゃがみこんだ。

すると立て続けに他の二人も眩暈を訴えてその場から動けなくなった。

何か嫌な予感を感じた彼は、もう戻らないか？　と提案したがその三人は、眩暈はすぐに収まると思うからちゃんと岬の先端まで行ってみたいと主張してきた。

そう言われてしまうと彼としても何も言えず、三人の回復を待っていたが結局、三人の眩暈が収まったのはそれから三時間以上が経過した頃だった。

ようやく動き出した一行だったが、既に時刻は午後五時を回っていた。

それでも辺りにはまだ観光客が溢れており、寂しさは感じなかったからさっさと岬の先端に行き何枚かの写真を撮って引き上げようと決めた。

しかしようやく岬の先端へ辿り着き写真を撮ろうとすると、想定外の事態が起きた。

「助けて～……誰か～……助けて～……」

それは明らかに崖の下から助けを呼ぶ中年女性の声だった。

「痛い～……誰か～……助けて～……痛いの～……」

それはなぜか崖から落ちたというよりもお腹でも痛くなったのかのような緊迫感のない訴えに聞こえた。

その時彼が真っ先に思ったのは、気付かないフリをしてさっさとこの場から立ち去ってしまうのが良策だ、というものだった。

かりにも心霊スポット、しかも自殺の名所といわれているこんな場所で起こった想定外の事態にはできるだけ関わらない方が身のためだった。

しかし、その女性の声は彼以外の同僚全員にもはっきり聞こえていたようで、彼以外の全員が、早く女性を助けに行かなくては！　という思いで一致してしまった。

その中でもSの様子は明らかに他の誰とも違っていた。

「早く！　……早く助けなくちゃ！」

そう言うなり崖下への降り方もわからないはずなのに一気にその場から走り出した。

その場から走り去ったSの姿を見送った残りのメンバーは、ハッと我に返ったかのように慌ててSの後を追い始めた。

しかし、なかなか崖下へのルートは見つからない。

仕方なく一人が管理事務所へ助けを求めたが、どうやら崖下へのルートは存在してはいるがとても素人が降りられるものではなく、通常は船を利用しているのだと説明された。

実際、その断崖絶壁のルートにはSの姿もなく、念のために舟で崖下を確認してもらったがそこにもSの姿はおろか、助けを求めていた女性の姿も見つけることはできなかった。

仕方なくS抜きでその場から帰路に就いた彼らだったが、その後もなかなかSの手掛かりが見つからないまま時間は過ぎていった。

そして、その日からちょうど四十九日後の土曜日にSは遺体となって発見された。

腐乱した水死体として……。

その遺体は外部的な損傷もなく、どうやってSがケガもなく崖下に降り、そこで溺れたのかは説明がつかないということで、彼らにも何度か事情聴取が行われたそうだ。

そしてなんとかSの葬儀も終わりその時のメンバーでもう一度その岬を訪れ全員で手を合わせたそうなのだが、その時その場にいた全員が恐怖に遭遇した。

目を瞑り、手を合わせているとどこからか、

「ねぇ……こっちを見て……」

そんな声が聞こえた。

慌てて目を開けて声が聞こえた方を見ると、そこには崖の先、つまり空中でこちらを品定めでもするかのような嫌な含み笑いで見つめている背丈が三メートル以上はあろうかという背の高い女が浮かんでいた。

一斉にその場から逃げ出した彼らだったがどうやらその中の一人が逃げながらもその女が浮かんでいる姿をスマホで撮影した。

そのスマホには近くに浮かぶ白くて濃い霧のようなものが写っていたという。

心霊写真が撮れたと騒いでいたその一人はそれからしばらくして社内の倉庫で首を吊っているのが発見された。

これがこの話の流れになるが、実はこの原稿を書いている最中、穂高さんから追加の情報が寄せられた。

どうやら崖の下に消え、その後水死体として四十九日後に見つかったというSなのだがその後の詳しい検死の結果、臓器の状態から割り出した死亡推定日は半年以上前だと連絡が来たそうだ。

水死体の死亡推定には誤差が起こりやすいというのは知っている。

しかし、それほどの誤差が発生するだろうか？

それともそれが誤差ではなく正確な死亡推定日時だったとすれば、Sはその岬へ行った時には既に死んでいたということになる。

これはどういうことなのか？

そして、そんなことよりも俺には気になっていることがある。

最後に連絡をくれた際、穂高さんは嬉しそうにこう言っていた。

「実はあれから夢の中にSが出てくるようになって。そのおかげであの岬の下り方がわかったんですよ。本当に簡単な方法なんです。だから今度の日曜日、その方法を確かめに行こうと思っています。上手くいったらまたメールしますね！」と。

穂高さんは自殺が関連した心霊スポットには近づかない方ではなかったのか？

岬の管理事務所の説明で崖下に下りるルートは簡単なものではなく危険なものではなかったのか？

まさか、穂高さんは？

あれから半年近く経っているが穂高さんからの連絡はなく、俺からのメールにも一切返信は来ていない。

ひとつくれませんか

愛知県に住む下田さんは現在三十一歳の家事手伝い。

独身の彼女は両親と三人で市内の小さな一戸建てで暮らしている。

それでも両親は、彼女に仕事も結婚もしなくて良いから、といつも優しい言葉をかける。

それは彼女の身体的な不具合に起因している。

どうやら彼女は先天的な病気で一歳の時に右目の視力を完全に失っており、残された左目も少しずつ衰えていき今ではぼんやりとしか視えなくなっている。

それでもかつては両親に負担を掛けたくないと自立を考え、色んな仕事にも挑戦してみた。

ただそれがかえって両親や周囲の人に手間や迷惑をかけてしまうことに気付き、現在は内職の仕事をしながら自分にできる範囲で家事の手伝いをしている。

家族からはあまり外には出ないようにして、庭の散歩程度にするように言われているが彼女としてはできるだけ外に出て陽の光を浴びながら色んな場所に行ってみたいと密かに思っているそうで、両親が外出し一人きりになった時には杖を使ってこっそりと近所を探索するのが楽しみになっている。

そんな時でも絶対に無理はせず、常に安全に気を配りながら行動をしているというから、きっと外出がバレたとしても文句を言われることもないのかもしれない。

そんな彼女はある時、卒業した小学校が老朽化により取り壊されることをニュースで知った。

彼女にとっては大切な思い出がたくさん詰まった学び舎がなくなってしまうという事実はかなりショッキングなニュースだった。

しかし彼女が小学生の頃に通っていたクラスというのは目が不自由な彼女でも安心して学べる特別支援学級。

そのおかげで充実した学校生活を送ることができたが、そのクラスに通うために車で三〇分ほどの距離を母親に毎日送り迎えをしてもらっていた。

だからその道のりを両親に内緒で、自分一人の力だけで無事に辿り着けるのかという不安はあった。

しかし彼女にとってはそんな不安よりも最後にもう一度学び舎を見ておきたいという思いの方が圧倒的に強かったようだ。

決行日は両親が用事でまる一日家を空けるとある日曜日を選んだ。

生憎《あいにく》の雨模様ではあったがバスを乗り継ぎ、そこから少し迷いながらも十分ほど歩くと無事に懐かしい小学校に到着することができた。

「うわぁ、懐かしい、あの頃と全然変わってないや！」

本当に久しぶりに見た小学校は、錆びた校門もいびつな三角形のグラウンドも三つ並んだ鉄棒も、そして何より薄汚れた白い校舎自体も当時のままで、まるでタイムスリップでもしたかのように彼女のノスタルジーを掻き立てた。

嬉しくなった彼女はキラキラした眼でそのまま校庭をウロウロし、それが終わると今度は校舎の周りをじっくりと見て回ることにした。

そうして校舎を見ていると確かに老朽化は否めなかったが、どうしてまだ使えそうな校舎を取り壊してしまうのかと少し悲しくなった。

小学校の取り壊しはもう始まっているらしく、校庭の門には『工事中！　立ち入り禁止』

の看板が掲げられていたが校舎自体にはまだどこにも手が付けられておらずシーンと静まり返っていた。

誰もいない校舎はとても寂しそうで少し怖くすら感じられた。

「ひとつくれませんか？」

突然、そんな声が聞こえ、思わず立ち止まると校舎の中から窓越しにこちらを見ている男の子に気付いた。

見覚えのある懐かしい制服に身を包んだ低学年らしき男の子に、悲しそうな顔をしながら窓に顔をくっ付けるようにしてこちらを覗き込んでいた。

……えっ、なんで校舎の中にいるの？

……それにひとつくれってどういう意味？

そんなことを考えていると、その男の子は彼女に向かってゆっくりと手招きをしてきた。

まだ小さな子供、そんな気持ちもあったのだろう。

彼女は警戒することもなく男の子がいる窓へと近づいていった。

そして窓に顔を近づけると
「えっ、何？　どういう意味？」

そう声をかけた刹那、目の前で何かが強く光った。

そして次の瞬間、顔全体にたとえようのない激痛が走った。

その痛みと恐怖でその場に倒れ込んだ彼女が駆け付けた警備員に発見され救急車で搬送されたのはそれから一時間ほど後だった。

彼女が顔を近づけた瞬間、目の前の窓が割れたのではないかと後で警察に説明された。

ただその割れ方はとても激しいもので、窓の内側で何かが爆発したかのようで、その爆発によってこちら側へ飛び散ってきた全てのガラス片が鋭利なまま顔じゅうに突き刺さった。

更にその威力はすさまじく顔全体に深く侵入したガラス片を取り除く手術には合わせて三日間ほどかかったという。

もっとも彼女には激痛で一睡もできないままベッドで横たわっているよりは麻酔によって少しでも意識を失っていられた時間の方が楽だったのかもしれないが。

そんな手術の最中、彼女は何度も夢を見た。

夢には校舎の中にいた男の子が再び現れて
「ひとつくれませんか？」

という言葉を何度も繰り返してきた。

「えっ、何が欲しいの？」

そう返しても男の子はじっとこちらを見つめているだけ。

そんなことを何度も繰り返しているうちになんだか面倒くさくなってしまった彼女は
「何が欲しいかわからないけどもう私の前に現れないって約束してくれるなら欲しいモノをなんでも持ってっていいよ」

思わずそう言ってしまったという。

その時、夢の中の男の子はとても気持ち悪い笑みを浮かべたそうだ。

それを見た彼女が思わずハッとした刹那、何かが彼女の頭をグッと掴んだ痛みで麻酔から目を覚ましたという。

……その手はとても小さく硬かった。

……まるでその男の子の手のように。

それらが単なる夢だと感じていた彼女だったが、もしかしたら夢ではなく現実に起きていたことではないか、と感じ背筋が寒くなったそうだ。

手術は大成功に終わった。

実際にはあれだけのガラス片は全て彼女の左目に突き刺さることもなく左目の視力もなんとか維持できていた。

しかしその翌日、彼女はぼんやりと見えていた左目の視力までをも突然失ってしまった。

左目は完全に光を失い真っ暗なだけの世界に彼女は突き落とされた。

その恐怖は計り知れないものだったことは容易に想像できる。

しかしどうやらそれだけで恐怖は収まってはくれなかった。

失意の日々を送っていた彼女はそれからも似た夢を見続けたという。

その夢の中で男の子は嬉しそうに笑いながら
「もうひとつくれよ！」

そう言ってきたという。

今度は絶対に返事はしないと決めていた彼女だったが自宅療養中に突然死してしまった。

突然の心筋梗塞だったという。

この話を寄せてくれたのは彼女の母親だが、どうして全く問題のなかった心臓が突然止まったのかが医師も説明できなかったそうだ。

彼女は何か障るようなことをしてしまったのだろうか？

左目の視力だけでなく命まで取られるほどの。

ちなみにガラスが割れるという事故があった時、その小学校は完全に閉鎖されており誰も校舎内に入ることなどできなかった。

いや、役所によりバリケードで囲まれた校庭にすら近寄ることが困難だった。

それほどに校舎は老朽化しておりいつ崩壊してもおかしくない状態だった。

それなのにどうして彼女は校庭のみならず校舎にまで近づけたのか？

そしてどうしてそんな危険な校舎の中に男の子がいたというのか？

そんな馬鹿なことは起こり得ない。

きっと彼女の勘違いなのではないか？

そう思いたい気持ちもあったがどうやらそうではなかった。

それを裏付けるように防犯センサーにも監視カメラにも彼女ともうひとり誰かがぼんやりと映りこんでいたそうだ。

加害者のルール

「最悪だ。ほんとに迷惑してんのはこっちなんだよ！」

関西に住む東野さんの先輩がいつも口にしていた言葉だそうだ。

東野さんの勤める会社には二歳先輩のTという社員がいた。

お互い車好きということもあり、Tとはすぐに仲良くなった。

色んな場所に車二台で出かけていき、プライベートでも親交を深めていった。

しかしそんな良好な関係性もすぐに破綻してしまった。

以前からTと一緒に仕事をする度にうすうす感じていたこと。

それは身勝手な行動と致命的な無責任さだった。

遅刻は当たり前で謝った姿など一度も見たことがなかったし、誰かの成功には厚顔無恥に便乗し、手柄を横取りしたかと思えば自らの失敗は全て誰かに押し付ける。

相手の弱みを握るのが大好きで自己顕示欲が異常に強かった。

仕事に置いてですら垣間見えてしまう本性は、プライベートでは更に酷く露呈された。勝手に目的地を変更し、わざと財布を忘れてきては全てを彼に奢らせその金を返すこともなかったし、友達の彼女には簡単に手を出しては誰彼構わずケンカを吹っ掛ける。

そもそも車が好きというのも単に目立ちたいだけで、女性にモテるためのツールとしか考えていなかった。

そう気付いてからはさすがの彼も愛想を尽かしてしまい、Tからは完全に距離を置くようになった。

しかし同じ職場で働いている以上、あからさまにぶっきらぼうな態度をとれば仕事にも支障が出てしまう。

だから彼はあくまで表面上ではそれまで通りに接するようにしながらも、共同での仕事は頑なに固辞しプライベートでの付き合いは遠回しに拒否するようにしていたそうだ。

週末前になると
「どっかへ走りに行こうぜ」

いつもそう誘ってくるTに対して、

「すみません、ちょっと都合が悪くて」

そう返しているうちに次第に誘いは減っていき、やがては全く誘われなくなった。

それでも会社ではそれなりに付き合っていたからTとの間で仕事の支障は発生しなかったし、その反面、色々とTの噂だけはしっかり聞こえてきた。

……飲み会で女性を何人もお持ち帰りした。

……ドライブの途中、ムカついたので夜の山中に女性を置き去りにしてきた。

……飲み屋の帰り、飲酒検問をやっていたからパトカーと追いかけっこして逃げ切った。

どの話も呆れてしまうものだったから、彼としてもその度に自分の選択が間違ってはいなかったと確信することができたそうだ。

それからもTは相変わらずで、のらりくらりと仕事とプライベートを両立させていたようだが、ある時そんなTにも年貢の納め時がやってきた。

Tは仕事帰り、遅い時刻に人身事故を起こしてしまう。

道路に寝ていた会社員を車で轢いてしまい、その男性は死亡した。

飲んで歩いて家に帰る途中、その会社員は睡魔に勝てずそのまま道路の上で寝入ってしまったのだ。

そこへ運悪くTの車が通りかかり会社員を轢いてしまった。

凸凹に荒れており街灯もない道だったらしくTはその会社員を轢いてしまったことに気付かず帰宅。

朝になりニュースを見たTはて気になってしまい車を確認したところ、何かにぶつかった形跡があることに気付き慌てて自ら警察へ連絡を入れた。

それが公になっている事故の概要になる。

Tは当然のごとく業務上過失致死傷罪で起訴された。

亡くなった会社員には奥さんと三歳の女の子がおり、Tは奥さんの元へ何度も出向いて平身低頭に謝り続けた。

最初は門前払いで取り合ってすらもらえなかったTだったが、何度も通ううちにTの誠意が通じたのか次第に奥さんの気持ちも軟化し、謝罪を受け入れ焼香を上げさせてもらえるまでになった。

そしてついには奥さんからこんな言葉までかけられた。

「道路に寝ていた夫にも非があったのですからもう忘れてください。これからは気にせず自分の人生をしっかりと歩いてください」と。

その結果、Tは執行猶予付きの判決を受けて刑務所に入ることもなかった。

これが事故後の概要になる。

……あくまで公には。

しかしどうやら真実は全く違っていた。

事故を起こした夜、お気に入りの女の子がいる店に飲みに行ったTは週末ということもありかなり深酒をした。

結局お店の女の子にも構ってもらえずそのまま泥酔状態で愛車を運転。

代行運転の金をケチり、むしゃくしゃした気持ちのまま乱暴な運転を繰り返した挙げ句の死亡事故だった。

先ず頭に浮かんだのは、

——どうやったら刑務所に入らなくて済むのか？

そのためには絶対に飲酒運転がバレるわけにはいかなかった。

だから被害者男性を轢いたことに気付いていたがそのままマンションに帰った。

そしてそのまま大量の水分を摂取し休息を取ったうえでアルコールが完全に抜けた状態になった翌日の昼間に自ら警察に連絡を入れた。

そして事故を起こしたことには全く気付かなかったと説明した。

そして更にそれまで一度も聞いたことなどなかった精神疾患まででっち上げて病院に発行させた証明書を提出した。

それは全てが親戚の弁護士の入れ知恵だったらしいが、どちらにしてもTには被害者や遺族に対する懺悔の気持ちなど微塵も持っていなかった。

Tが考えていたのはただ一つ。

どうやったら逃げ切れるかという自己保身だけだった。

そして全てが終わった頃に頻繁に話していたのが冒頭に出てきた言葉。

「最悪だ。ほんとに迷惑してんのはこっちなんだよ！」

その言葉だった。

Tは悪びれた様子もなく、まるで自慢話でもするかのように上記の言葉だけでなく事故の真相を面白おかしく同僚たちに語っていた。

東野さんもそれを延々と聞かされたひとりだったがどうしてもTを告発する勇気が持てず悶々とした日々を送っていた。

しかし、その後のTは勝手に悲惨な運命を辿っていく。

どうやらTは事故の裁判で執行猶予を勝ち取った後、怪異に悩まされるようになった。

亡くなった男性がずっとTに付きまとい一睡もできなくなった。

寝ていて眼が覚めると目の前に血まみれの男性の顔があったことも一度や二度ではないらしい。

仕事をしていてもずっと被害者男性から睨まれ続け、さすがのTの精神も病んでいき、やがて会社も辞めてしまった。

その後、駅のホームから特急列車に飛び込んで即死したTは本当に自殺だったのか？

それとも被害者男性の霊に背中を押されたのか？

それに関しては今となってはわかりようもない。

ただ事故の加害者にも最低限のルールというのは存在しているのだ。

そして誰にわからなくても被害者だけは真実を知っている。

その点においては、生きている人間か、それとも幽霊なのかは重要ではない。

幽霊にだって恨みを晴らす権利はあるのだから。

そして実は胸糞悪い内容ではあるが、こういう幽霊話を俺は嫌いではない。

Tが死んだことに対してもあまり可哀相だという気持ちが沸いてこないのも事実なのだ。

三段飛び降りただけ

千田さんは中学時代から始めた陸上競技を大学まで続けた。

それなりの成績を残すことができたし何より彼女は体を動かすことが好きだった。

だから二十八歳になった今でも、毎日ジムに通い朝夕のジョギングを欠かさず地元のマラソンイベントにも積極的に参加してきた。

そんな彼女が定時に帰宅しジョギングしたりジムに通ったりできるのも広い目で見れば職場の同僚の協力があったればこそ。

彼女の代わりに早出して仕事をしたり毎晩残って残業したりしてくれる社員がいてくれるからこそ、彼女はそれだけ自分の時間を自由に使えていたのだろう。

そんな当たり前のことに彼女は気付けていたのだろうか？

誰かに感謝するということを忘れていなかっただろうか？

答えは否だった。

彼女は元々一人っ子であり我が儘に育てられたのかもしれない。

自分では性格が悪いなどとは思ってもいなかっただろうし、実際に誰かに意地悪したりイジメに加担したりするようなことは一度もなかった。

しかしそれを決めるのはあくまで被害を受けた人間であり周囲なのだ。

彼女にそれを決める権利はなく、彼女に恨みを持った人間がいた時点でどれだけ自身を正当化したとしても全く意味をなさない。

だから彼女も、職場に仲の良い同僚や色んなことを相談したり世間話をしたりする上司や部下が一人もいないという事実に危機感を抱くべきだったのかもしれない。

よく聞くが、自分だけの力で働けているとか一人きりで生きていけるという妄言は単なる厚顔無恥で幼稚な思考だと思っている。

そういう人間は尚更のこと、知らず気付かずに誰かに依存して生きているもの。

試しに誰もいない孤島で暮らしてみればいい。

ごく稀なケースを除けば、人間は一人きりの力で生きていけるはずもない。

勿論、彼女の場合も例外ではない。

彼女は自分でも気付かないうちに誰かに依存し、過度な負担をかけ、問題が起きた時には一言も謝ることなく逃げてしまっていた。

自分だけが安全な場所に……。

世の中には本当に良い人が大勢いる。

それらの方たちは自らの負担を黙殺し、受け入れて、誰かのために動いてくれる。

自らの体力と精神、そしてプライベートまで削りながら。

だからといってそれを当然だと思ってはいけないのだと思う。

感謝しそれを一言でもいいから言葉にする。

そんな感謝の言葉を求めて献身的に動いてくれているのではないと思うが、たったそれだけのことで全てが報われることだってあるのだから。

そして彼女の周りにもそんな献身的で性格の良い方がいたのだ。

しかしあまりにも負荷が大き過ぎたのかもしれない。

負荷は一人では抱えきれないほどの悩みに変わっていき、やがて正常な思考まで停止させてしまった。

そうなった時、どんな聖人君子だったとしてもその恨みは彼女に向かう。

残念ではあるが誰にもそれを責められないのではないか？

一人で恨みを抱えたまま自殺という解決策を選んでしまったとしても誰が責められようか？

しかし彼女はその事実を知った時も冷静沈着だった。

いつもと変わらない様子で淡々と仕事をこなし顔色一つ変えなかったという。

確かに彼女も内心では動揺しパニックになっていたのかもしれない。

しかし彼女が選んだのは休職という逃げの一手だった。

亡くなられた同僚の葬儀にも参列せず、お悔やみの言葉も何一つ言わないまま……甘い。

もしかしたら彼女は責任を感じて自己嫌悪の中、体調を崩してしまい、休職という道を選んだのかもしれない。

しかし周囲にはそうは理解されていない。

……あいつは逃げた……人を殺しておいて。

それが同僚の総意だそうだ。

結果として何が起こったのか？

それまで体を鍛えることに時間を費やし走ることだけが楽しかった彼女は会社を休職す

る前日、階段を下りている際に誰かに背後から押されたという。

決して強い力ではなく本当に軽い力で。

彼女もすぐに反応しそのまま一階の廊下に着地した。

飛び降りたのはたった三段だけ……。

しかし彼女の両足はその衝撃に耐えきれず骨が砕け、折れた骨が足を突き破り意識を失いながら廊下へ倒れ込み激突した。

病院へ緊急搬送されたが彼女の足は元通りに復元できるどころか、歩けるようにさえならず寝たきりの生活を送るしかなくなった。

医師からは両足の切断を打診されたが彼女には決心がつかず、現時点では奇妙な新種の生物のような動きしかできなくなっている。

ちなみに階段で背後から押された際、他の社員もその一部始終を目撃していたそうなのだが、彼女のすぐ後ろには誰もおらず、彼女が突然、一人でバランスを崩したと証言しているそうだ。

たった三段の階段を飛び降りたとしてそこまで両足が破壊されるものだろうか？

怪談を書く者としてはどうしても霊的なものに繋げて考えてしまう。

自殺された同僚は彼女を殺したいほど恨んでいたのではないか？

死ぬ前に同僚が呪いをかけたのではないか？　と。

それは誰にもわかりようもない。

しかしどうやら会社の同僚たちはそんな状態になった彼女を誰一人として憐れには思っていないそうだ。

誰も見舞いに来てくれず、自業自得だと陰口をたたかれている。

怨嗟は本人が気付かない所で生まれ、そして本人を文字通り壊していく。

つまりはそういうことなのかもしれない。

死ぬための道程

衝突安全ボディや安全装置などの進化で車の事故による年間死亡者数はここ数年では二千五百人〜三千人程度まで減った。

それに対して年間の自殺者数は二万五千人〜三万人と減る傾向にない。

事故による死者と比べても約十倍の人が自ら命を絶っていることに驚かされるが、実は発見すらされていない自殺者も多くいるのだ。

では、どうしてこれほど多くの人が自ら死を選ぶのか？

勿論、自殺に至るまでには言葉では語り尽くせないほどの苦しさや葛藤があるのだろうが、自殺とは自分で自分を殺すことに他ならないのだからその恐怖や痛みを怖いとは思わないのだろうか？

もっともそんな正常な判断もできなくなるほど追い詰められた方が自殺という最終手段

を選んでしまうのだろうが。

自殺すれば全ての痛みや苦しみから解放されるというのはよく聞く話。

しかし知り合いの霊能者はいつもこう話している。

「自殺だけはいけません。自殺した者は成仏も転生も叶いません。完全に別枠としてひどい扱いを受けることになります。自殺した瞬間を何度も何度も気が遠くなるほど体験させられた後は何もない世界に送られます。許されることもなく永遠に終わらない無の世界に。その苦しさや恐怖に比べたら現世での苦しみなんて生暖かく感じることでしょうね」と。

その霊能者の言葉が百パーセント本当なのかはわからないが、こんな話を寄せられたので書いてみたいと思う。

聡美さんは群馬県にお住まいの四十代のＯＬさん。

二年前に離婚し現在は安アパートで独り暮らしをしている。

結婚したが子宝に恵まれず悩んでいた時期もあった。

それでも気持ちを切り替え頑張ってきたが、夫のギャンブル狂いと酒癖の悪さに悩まされ続けた挙げ句、不倫が発覚した時点で即座に離婚した。

このままでは心が完全に壊れてしまうと確信したそうだ。

だから、それまで暮らしていた都市部から人知れず田舎へ引っ越し、ひっそりと独り暮らしを始めた。

田舎での暮らしは不便なことも多かったが、時間の流れがのんびりしており、それだけでも良かったと思えた。

昼間は殆ど外出せず、夜だけ水商売でバイトをした。

毎月十万円にも満たない収入だったがそれでも十分だった。

できるだけ人との接触を避けつつ、命を落とさない程度に生きていければそれでよかった。

どうやら彼女は離婚した時点で自ら命を絶つことを決めていたようだ。

彼女には数年前から大病を患い入院している父親がおり、そう長くはもたないと医師から告げられていた。

母親は既に亡くなっており、父親ともお世辞にも仲が良いとは言えなかった。

つまり、もう彼女には護りたいと思うものが何ひとつ残っていなかった。

だから唯一の家族である父親が亡くなったことを見届けてから死のうと決めていた。

そして思っていたよりも早くその時は訪れた。

田舎に移り住んでから一か月も経たないうちに父親が急逝した。

朝になり病室のベッドで心停止しているのを発見された父親はそのまま蘇生せず死亡確認がなされた。

親戚に電話をかけて何度も謝りながら後のことをお願いした。

すぐに夜のバイトを辞め、アパートの解約も完了させた。

そうしてようやく彼女は最後の重い荷物を下ろせたような気がした。

身軽になった彼女はすぐに死ななければ、と思った。

決心に迷いが生じる前に。

彼女は母親の実家がある山間の町へと向かった。

どうせ死ぬのなら知らない土地ではなく、大好きだった母親と何度も登った大好きな山で死のうと決めていた。

電車とバスを乗り継いで町に着いた時にはもう夕闇が迫っていたが、そんなことなど気にせずにそのまま山へ向かった。

自分の決意が揺らぐとは思わなかったが、誰かと会って自殺を決意していることを見透かされそうで怖かったから、夜になってくれたのは好都合だった。

久しぶりに訪れたというのにその山道は昔と何も変わっていなかった。

中学生の頃、母親と来て以来だったが、全てが当時のまま残されていた。

彼女はその山のことなら何でも知っていた。

高校に入るまでは毎年夏休みや春休みを母親の実家で一週間以上を過ごした。

人見知りの彼女はその土地で友達を作ることはできなかったが、その代わりに山で遊ぶ楽しさを知ることができた。

だから母親には友達と遊んでくると嘘をついて朝から日が暮れるまでやっていたのは、山の中での一人遊びだった。

その中で見つけたのが山奥にある洞窟だった。

その洞窟を見つけたのは彼女が中学一年の夏休み。

しかし怖くて入れなかった。

それからも何度も洞窟の前まで行ったが、どうしても中へ入る勇気が湧かなかった。

中にはきっと恐ろしい怪物が棲んでいると思え、怖くて仕方なかった。

しかし既に死のうと決めている彼女には怖いモノは何もなかった。

なんなら洞窟にいる怪物に食い殺されればそれはそれで手間が省けて好都合だった。

ずっと入ってみたいと思い続けていた洞窟の中を確かめないで死ぬのだけは嫌だった。

だから彼女は人生の最後の瞬間をその洞窟で迎えようと決めていた。

完全な闇に覆われていく山道にも月の明かりが薄っすらと差し込んでくれ、歩くのにも支障はなかった。

道はどんどん細くなっていったが昔の記憶を辿っていくと不安もなかったから、彼女は当初の予定ルートを順調に上がっていった。

しかし分岐点を左へ進み、しばらく歩けばすぐ目の前に現れるはずの洞窟がそこになかった。

絶対にルートを間違えていない自信はあったが、もしかしたら記憶違いかもしれないと思いそのまま先へ進んだ。

そこから先のルートに進むのは初めてだったが、すぐに真っ直ぐな一本道が現れてくれたから途方にくれることもなかった。

ただ不思議な気持ちにはなった。

それまでの洞窟までの道のりは人が一人通れる程度の細い道だったが、その時目の前に広がっていたのは車がすれ違えるほどの広くてきれいな道。

舗装こそされていなかったが雑草すら生えておらず、どう考えても誰かによって管理されている道にしか見えなかった。

（どうしてこんな山奥にこんなに広い道があるのよ？　洞窟に行くのにこんな道なんか使った記憶はないのに……。洞窟はどこに消えたっていうの？　それともルートを間違えちゃっていうことなの……？）

そう考えた彼女は一旦立ち止まって周りを見渡してみることにした。

そうすると気が付いたことがあった。

辺りの空気がどんよりと生暖かく感じられ、全ての音が何も聞こえなくなっていた。

この山には幼い頃から数えきれないほど来ていたが、こんな体験は初めてだった。

……何が起きているの？　何かがおかしい
そう感じた時、その山に入って初めて、気味の悪さを感じた。

「あの洞窟が見つからないなら、私はこんな所で死ぬわけにはいかない」

そう思い、急いで方向転換し、来た道を戻ろうとした。

しかし彼女の目は点になり固まった。

今まで歩いてきたはずの道が忽然と消えていたからだ。

いや、道どころか何もない漆黒の空間へと変わっていた。

「えっ、どういうこと？」

呆然としている彼女の背後から突然声が聞こえた。

「さとみ……さとみなんだろ？　……お母さんだよ……迎えに来たよ……」

それは懐かしい死んだ母親の声だった。

「今まで大変だったね……本当にご苦労様……もう十分だよ……さあ、こっちへおいで！」

そう聞こえた後、後ろから手が伸びてきて彼女を抱きしめた。

思わず涙が溢れてきた彼女は感極まって母親の方へ振り返ろうとした。

その瞬間、抱きしめていた力が強くなり体が動かせなくなった。

「こっちを向いてはいけないの。お母さんはもう死んでるの。死んだら誰でも恐ろしい姿になるの。だから絶対にこっちを向かないでそのまま一緒にいこうね」

そう聞こえたが抱きしめる手はどんどん強くなり身体に食い込み骨が軋むほど。

「痛い、痛いよ、お母さん！　なんでそんなことするの？　これじゃ骨が折れちゃうし死んじゃうよ！」

そう叫ぶと更に抱きしめる手に力が入ったのを感じた。

「それじゃ、いっそのこと、このまま逝けばいいじゃないか……大丈夫、ちゃんと連れていってあげるから」

そう聞こえた瞬間、強い力で体の向きが変えられ、目の前には先ほどの広い道が広がった。

その時彼女は気付いたという。

自分を背後から抱きしめている手は常識では考えられないほど長すぎることに。

更に言えば、その手に氷のように冷たく細く硬いものだった。

「早く行きなさい……早く」

そう聞こえたが、彼女にはその時すでに確信があったという。

……背後にいたのはだんじて母親などではない、と。

彼女を抱きしめていた手は解かれ、身体が自由になった。

しかし彼女にはもう選択する余裕はなかった。

その場から一気に走り出した彼女。

しかし突然、彼女の耳に聞こえてきた声があった。

「そっちへ行ったらお終いだぞ……あの世にも行けやしない。お前の行くべきなのはそっちじゃない」

知らない男性の声だったし、ぶっきらぼうな言葉だったが、その時の彼女にはなぜか温かく聞こえたという。

迷わず再び百八十度方向転換し、暗闇に向かって走った。

背後にいたはずの母親の姿は忽然と消えていた。

それでも彼女は背後から何かが追いかけてきている気配を感じながら走るしかなかった。

恐怖で足がもつれ、何度も転びそうになりながら必死に走り続けた。

そうしていると暗闇の中に懐かしい洞窟の入り口が浮かび上がってきた。

それを見た彼女はそのまま迷わずに洞窟の中へ飛び込んだ。

意識が遠のくのを感じ、抗うこともできずそのまま意識を失った彼女が次に目覚めたのは、病室のベッドの上。

どうやら彼女は山の崖から滑落し、瀕死の状態で発見されたらしい。

それでも死ねなかった彼女だが、滑落した高低差が十五メートル近くあったと聞かされた時にはさすがに驚いたそうだ。

その高さから落ちても死ななかった彼女は運がいいのか？

いや、そもそも彼女が山の奥で聞いた声は、どちらかが彼女を助けようとしていたのか？

その疑問は俺にも彼女にもわからない。

そして彼女は俺にこう言った。

「この話を聞いていただけて良かったです」と。

そんな彼女だが、今でも自殺するという決心を持ち続けている。

命だけは助かったが、自力ではベッドから起きあがれないほど麻痺した体である。

彼女は再びあの山に行って洞窟を探すそうだ。

彼女の自殺願望を消したくて何度もやり取りしたが、その決心は俺の説得では変えることはできなかった。

だからつい彼女がこのままベッドから起き上がれない方が良いのかもしれないと思ってしまったが、俺はこうも感じている。

その山は、いや洞窟は本当に存在しているのだろうか？

いや、山で抱きしめてきた母親は本当に偽物だったのか？　と。

雨とトラウマ

真柴さんは雨が嫌いだ。

いや、元々は雨が嫌いではなく、むしろ雨に濡れながら歩くのも好きだったし雨音を聞きながら眠るのも好きだった。

それがガラリと変わってしまった。

今では雨の日は一歩も外に出られなくなってしまった。

部屋のカーテンを閉め、全ての鍵をかけて家に籠もる。

音楽を大音量で聴いて、外から聞こえてくる雨音を完全に消す。

それでも怖くて体の震えが止まらない。

……雨の日は……がやってくるから。

そう震える彼女は一体どんな怪異に遭遇したというのだろうか？

その内容をこれから書いていくことにする。


彼女は都内の中学校で教鞭をとっていた二十九歳。

それにしても教師という仕事は想像以上に忙しいようだ。

朝早くから会議をこなしその後は授業と様々な事務作業、それが終わるとまた会議と部活動の顧問、それ以外にも生徒の親御さんへの対応もある。

そしてそれは土日にも及ぶ時期もあるというのだから、まさに殺人的な忙しさだ。

そんな感じだから帰宅が二十二時を回る日もざらにあった。

疲れとストレスがどんどん溜まってきていることには気付いていたが、教師という仕事に誇りを持っていた彼女は意地でも休職だけはしたくなかった。

だから発想の転換をしてみた。

身体が疲れているならもっと体を動かせばいいし、ストレスが溜まっているならもっと癒やしを摂取すればいい、と。

だから、それまでのマイカー通勤を止めて徒歩での通勤に変えてみた。

歩いて四十分くらいの距離だったが、元々体力には自信があったから特に不安もなかった。

そして実際に徒歩で通勤してみると、それまで見えなかったものが見えてきて新しい発見もよい刺激になった。

新しい道やお店を見つけたり、きれいな街並みや風景を見つけたりする度に車通勤では決して感じられなかった感動を得られ、それが良い癒やしにもなった。

そんな中でも雨の日はまた特別だった。

雨の中を歩いているとまるで別の世界に迷い込んだような錯覚を感じられた。

強い雨の日は水のトンネルを潜っているようだったし、小雨が降ればポツポツと傘に当たる雨が音楽のように聞こえて心地よかった。

だから雨の中を歩いているだけで簡単に特別な自分時間を楽しむことができたし、そんな自分だけの世界は彼女にとってかけがえのない癒やしの空間を形作ってくれた。

そして彼女にはもう一つのお気に入りがあった。

それは歩いているうちに見つけた不思議な道。

小さな池に並行して伸びる道はやがて緩やかな下り坂になり、十メートルほどの平らな道には屋根がついており、それを過ぎるとまた緩やかに登り坂になる。

道の両側にはコンクリートの壁があったが丸い穴が空いており、そこから池がしっかり見えた。

池はとても幻想的な雰囲気を醸し出しており、それを見ながらトンネルのような道を歩く。そうしていると、まるで自分が池の中を歩いているような気分になって心が落ち着いた。

人とすれ違うことも滅多になく、まるで自分専用の特別な道を歩いているように感じられるのも素敵だった。

だから彼女はどんなに帰りが遅くなってもその道だけは必ず通るようにしていた。

そしてその日も会議で遅くなった彼女は徒歩で学校を出た。

途中でスーパーとレンタルビデオ屋に寄ったことで店を出る時には時刻は既に午後十一時を回っており、真っ暗な空からはシトシトと雨が降り出していた。

「やった！　雨が降ってる！」

彼女はバッグの中から折り畳み傘を取り出すとワクワクしながら歩き出した。

しかし雨の中を歩いていても、いつものようにワクワクしない。

いや、それどころか空気がやたらと重く感じられ、傘に当たる雨音もどこか沈んだ音に聞こえた。

「どうしたんだろ？　今夜はなんかいつもと違う感じだなぁ。でもいいや。だったらさっさと家に帰って熱いシャワーを浴びて寝ちゃえばいいや！」

そう思いながら件の池の近くまでやって来ると、いつもお気に入りのトンネルまでもが暗く見えて少し怖く感じられた。

それでも彼女はその坂道をいつものように下っていった。

どんなに落ち込んでいてもそのトンネルを潜るだけで幸せな気分になれていた。

だからその時も、きっとそうだろうと思い込んでいた。

しかしその道を下り始めるとすぐに違和感に気付いた。

緩やかな下り坂のはずなのに妙に傾斜がきつく、そして長く感じられ、歩いている自分の足音が全く聞こえなかった。

「やっぱり何かがおかしい。いつもは素敵な道なのにこのまま下りていったら二度と上がって来られないような気がする」

そう強く感じた彼女はその道を通らず迂回して家に向かおうと決めた。

しかし、その刹那、雨は一気に強くなった。

それまで経験したことがないほどの強い雨に差していた傘が大きくしなる。

「こんな折り畳み傘じゃ無理かなぁ」

そう言って前方のトンネルを凝視した。

するとトンネルの中はいつものように温かいオレンジ色の明かりで満たされていた。

「やっぱりただの気のせいってことだよね」

彼女は強い雨を避けるためにトンネルへと歩き出した。

相変わらずトンネルの中にには誰も歩いてはいなかった。

「こんな心細い時くらい誰かが歩いていればいいのに」

そう口にした瞬間、激しい雷で辺り一面が白く光った。

「キャッ！」

思わず目を閉じた後、ゆっくり瞼をあげると、トンネル中には確かに誰かが立っていた。

長いコートを着ているそのシルエットは明らかに女性のものだった。

壁を背にして俯き加減に立っているその女性を見て
……きっと私と同じようにこのトンネルが好きなんだろうな。

そう思い、少し親近感が沸いたという。

その姿を女性だと確信した彼女は安心してトンネルの中を歩き続けた。

女性の前を通り過ぎる際、小さく会釈した彼女はそのまま出口に向かって歩いていた。

しかしその直後、背後から
「こんばんは」

という声を掛けられた。

彼女は思わず立ち止まり、先程の女性の方を振り返った。

その刹那、ギラりと光る物が顔めがけて飛んでくるのを見た彼女は咄嗟に右手で受けとめた。

「痛っ！」

思わず声をあげた彼女は自分の右手を見て絶句した。

刃渡り十センチほどのサバイバルナイフが目の前に突き出され、それを右手ががっしりと掴んでいた。

しかし掴んでいた部分が最悪だった。

彼女の右手はしっかりと刃の先端部分を握りしめており、間一髪で致命傷を防いでいた。

しかし、そのために刃先が掌の肉を引き裂き、それでも握り続けている手に鋭い刃が容赦なく食い込んでいた。

更に鋭利な痛みが走り、掌から止めどなく溢れてくる血が地面まで滴り、アスファルトに血だまりを作っていく。

彼女は思わず顔を歪めた。

……もしも刃先が顔まで達していたとしたらもっと大変なことになっていた。いや、そんなことよりも目の前のコイツは完全に私を殺そうとしている！

そう思うと震えてしまうほど恐ろしかったが、彼女にはそんなことを考えている余裕はなかった。

目の前の女は今もナイフに力を込めていた。

ナイフを掴んでいる手にしっかりと力を込めていなければ今度こそ命は助からない！

目の前の女は物凄い形相でナイフを前後に動かそうと更に力を込めてきた。

だからすぐに左手も使った。

さすがに刃そのものを持ちたくなかったので最初は右手の甲を握ったが、それでは無理だと悟った彼女はすぐに左手でも直接、刃の真ん中あたりを握った。

彼女は学生時代、ずっと剣道をやっており手の力と握力には自信があった。

しかし、どうやらその相手も同様の力を持っているのが感じられたという。

何度も前進を止められていた刃先が一気に目の前に迫る。

それと同時に、右手の掌を完全に切り裂いた刃が骨に到達したのを感じた瞬間、掌が嫌な音を立てた。

ゴリゴリ……ガリ……ゴリゴリ……

気が遠くなるのを感じたが、このまま意識を失ったら今度こそ殺されてしまう。

そんな恐怖が彼女の意識を繋ぎとめてくれた。

そんな時、左手で掴んでいた刃も骨まで到達したのを感じた。

既に痛みは神経を麻痺させたのか血の気が引いていく感覚しかない。

血が指先へと流れ、そのまま地面へボタボタと落ちていき大きな血だまりを作っていた。

(このままじゃ失血死してしまう！)

彼女は渾身の力でナイフを握ると、そのまま前方へと強く押し込んだ。

それでも目の前の女は怯まず、更にナイフを強く押し込んできたて、力比べの様相を呈した。

彼女も負けじと最後の力を振り絞って刃先を持つ手に渾身の力を込める。

その瞬間だった。

ブシュッ……ゴリゴリゴリゴリ……ブシュッ。

刃先が骨の上を走り、背筋が凍り付くような音を立てた。

目の前の女は押し込んでいたナイフを一気に自分の方へと引っ張った。

渾身の力だったのか、女はそのまま後ろに転び、起き上がるとそのまま走り去った。

少しだけホッとした彼女が自分の手に目をやると、両手から殆どの指がなくなり地面に落ちていた。

指先からは勢いなく血がボタボタと落ちていた。

それを見た彼女は、激しい眩暈を感じ、その場で気絶したそうだ。

次に目覚めると、彼女は病院のベッドの上にいた。

手術の末、指は全て復元されたが、既に力が入らなくなっており日常生活にも支障をきたした彼女はそのまま学校を辞めた。

警察から何度も事情を聞かれたが、彼女は相手の顔は見ていないと言い続けた。

それは彼女をナイフで襲ってきた相手がどう見ても自分自身にしか見えなかったからだという。

そして、どうやらこの話には後日談がある。

それから数年後、彼女は不倫相手をナイフで刺した。

相手の男性はなんとか命を繋ぎとめたが、警察の事情聴取ではっきりと彼女に刺されたのだと証言した。

しかし彼女にはそんな記憶は全くなかった。

確かにその男性とは深い関係だが、全く恨んでなどおらず、殺したいと思ったことすらないという。

そして、そもそも彼女にはナイフで相手を刺せるだけの握力は既に残っていない。

これはどういうことなのか？

そう考えた時、俺の頭の中にはドッペルゲンガーというものが真っ先に浮かんできた。

この世に確かに存在するという別人格のコピー。

いや、もしかしたら彼女の方がコピーなのかもしれないが。

それはもう一人とは全く別の行動をとり、明らかに敵なのだそうだ。

そして自分の姿を見せればもう一人をこの世から抹殺することもできる。

そんなもう一人の自分が彼女をナイフで攻撃し、不倫相手の男性を殺そうとした。

だから、いずれ彼女も。
そんな気がしてならないのだ。

精神科医の憂鬱

俺は以前パニック障害で苦しんだ時期があった。

そして、その際、生まれて初めて精神科の診察を受けることになった。

発病した当時は家から一歩も出られなくなり、家の廊下を歩き切ることすら困難だった俺が、今では完全に普通の生活を送れるようになったのはやはりそこで出会ったYという主治医のおかげと言うほかない。

Yは全てのことに対して柔軟な考えを持つタイプの人間だったこともあり、俺が持っていた精神病院の窮屈で閉鎖的なイメージを良い意味で覆してくれた。

そんなYとは今でもたまに一緒に飲みに行く関係になっているが、そんなYから聞く話は俺にとってはとても貴重で興味深いものばかりだ。

そんなYとある夜、彼の行きつけのバーで交わした会話がずっと心に残っている。

それはある意味では精神科医が決して口にしてはいけない内容なのかもしれないが、だからこそその内容には精神科医の本音というものが詰まっているように思えるのだ。

だからこの話はその時の会話をできるだけ正確に対話形式で書いていこうと思う。

Y「そういえば以前薬を処方してた頃にはいつも叱ってばかりいたよな……酒は厳禁だって。患者で薬を飲まなきゃいけないのに『先生、酒って飲みに行っても大丈夫ですか?』ってお前が聞いてきた時には、『こいつ、馬鹿なのか? それとも医者を舐めてんのか?』って本気でムカついたけどな。まあ結果的には治ったんだから別に良いんだけどさ」

俺「まあ結局叱られても飲みに行くのだけは止めなかったからな。だって酒飲んでる方が余計なことも考えなくて良かったし、ストレス解消にもなってたからな。自分の体のことは自分が一番よくわかってたつもりだったから。まあ医者にとっては最悪の患者かもしれんけどな。でもさ、なんで精神薬と酒を一緒に飲んじゃ駄目なんだ? やっぱり薬が効かないとか精神病が悪化するとか、そういう意味なのか?」

Y「いや、その逆だな。別に精神薬に限ったことじゃないけど薬っていうのは酒を飲むと効きすぎるきらいがあるから。ただそれだけのことだよ。別にそれでもお前みたいに酒を飲み続けてパニック障害が治ったんならそれでいいんじゃないの？　どうせ俺の言いつけなんか守るつもりはなかったんだろうからな」
俺「まあ別に信頼していなかったわけでもないんだけどな。ただ自分の体のことは自分が一番わかるっていうのも事実だと思うんだけどな？」
Y「えっと、お前まだ怖い話を書いたりしてるんだっけ？」
俺「ああ……細々と書いてるけどなんかネタでも提供してくれるのか？」
Y「いや、ネタって言えるほどのことでもないんだけどな。ただ最近ずっと考えてることがあってさ。精神科医としては考えてはいけないことなのかもしれんけど。あのさ、統合失調症って知ってるだろ？」
俺「ああ……勿論知ってるよ。精神を病んで、あるはずのないモノが視えたり聞こえたりするやつだよな？　精神病院へ行くと必ず誰もいない空間を見つめて話しかけてる人とか突然空間に向かって大声で叫ぶ人とかいるもんな。ああいうのだろ？」
Y「まあ、厳密に言えばもっと複雑な病気なんだけど、大まかな症状としては間違ってないかな。覚せい剤でも同じような症状が現れることもあるしな。だからなかなか判別が難しいんだよ」

俺「まあ、精神疾患も覚せい剤も同じく脳に作用するからそんな症状が出るんだろうけどさ。でもさ、怪談を取材して書いてる俺からすれば霊的な現象と精神疾患や覚せい剤で現れる症状の判別もなかなか難しいと思うぞ」

Y「うん。それはよく理解できる。ほら、以前映画にもなっただろ？　悪魔に取り憑かれた女の子が悪魔祓いが原因で死亡したって言われて裁判沙汰になった事件がさ。あの時も確か病院側は精神疾患が原因で現れる症状だって主張して、教会が悪魔祓いという胡散臭い手法で医療の邪魔をしてしまったことで女の子を死なせてしまったって主張してたように記憶してるんだけどさ。で、あれって本当はどうなの？　っていうことなんだけどさ。お前はどう思う？」

俺「うーん、その場に実際に立ち会った訳じゃないから断言はできないけどさ。映画なんて全てに大袈裟な演出や事実の捻じ曲げが入ってるだろうし。実はさ、あの映画が気になって自分でも調べてみたことがあるんだけどさ。その参考にした資料が信頼できるとしたら、あの事件は間違いなく本物の悪魔憑きだと思ってる。きっとその女の子本人が一番よくわかってただろうけどさ」

Y「そうなんだよ。お前がさっき言ってたみたいに本当のことはその本人が一番よくわかってると思うんだ。医師は検査結果を踏まえたうえでその人の外側から原因を特定するだけ。だからと言って僕がその場にいたらやっぱり統合失調症という診断を下すしかないんだろうな。医師にはそれ以外の判断は許されていないから。でも、その方式に則るとこの世に沢山存在している霊能者なんかは全て統合失調症か大嘘つきという診断を下すしかなくなる。だって医師にも他の誰かにも視えていない何かが視えるって言ったり聞こえるって言ったりしてるんだから、即刻入院治療が必要ということになってしまう。でもさ。最近思うんだよ。本当にそうなのか？　って。視えないモノが幻覚として視えてるんじゃなくて、普通の状態では視えない何かを特殊な能力で視てるだけなんじゃないのか？　ってさ。えっと、お前もたまに変なモノを視てしまうって言ってたけどそれってどういう時なんだ？」

俺「まあ常に視えてる訳じゃねえけど所謂霊能者っていう人と会ったり話したりした直後は数日間そんなのを視続けることになるな。でもそれって自分としては精神疾患だとは思っていないな。だってさ。本心では視たくないんだから。それに誰かに『変なモノが視えます』なんて言ったら気持ち悪がられるか、変人扱いされるだけだしな。だから俺が知っている霊能者は視えていてもそれを公言したりはしないな。明らかに視えてるのを隠そうとしてるし」

Ｙ「そうなんだよ。人間なんてまだ脳の仕組みを百パーセント理解している訳じゃない。そして脳の数パーセントも使いきれていないというのが現状なんだから。だとしたら幻覚も幻聴も全てが脳で起こっていることだとしたら誰が全て病気ですなんて断言できるんだろうな？　脳の全能力を百パーセント解放できた奴なんてこの世にまだ存在すらしていない。そして、覚せい剤や精神疾患なんかで脳に異常が見られたとしても、脳のある機能は低下しているかもしれないけど別の機能は上がっていることだって十分に考えられるんだから。人間の体の機能を脳が百パーセント司っているのは紛れもない事実なんだから、脳が何かのきっかけで覚醒したとしたらどんなことが起こるのかなんて誰にも予測できない。ある研究では人間の五感以外の感覚、第六感とかが脳の覚醒によって研ぎ澄まされるという報告も上がってるんだから。だから僕は最近はこう思いながら診察してるんだ。もしかしたらこの患者さんにだけ視えてるモノというのは他の人には視えないだけで実際に存在しているんじゃないのか？　ってさ。ただ、これも単なる思い付きだけで言ってることじゃないんだ。実はな、最近変な体験をしてさ。それが事実じゃなく脳の障害による幻覚だとしたら、僕こそが治療を受けなくちゃいけなくなる。でも、その体験っていうのはとても幻覚だと説明がつかないんだよな」

俺「えっ、何？　なんか怪異にでも遭遇したっていうこと？　幽霊を視たとか妖怪を見たとか？　そういう話だったら是非聞かせてくれ！」

Y「まあそう言うと思っていたけどな。実はさ。一か月ほど前にかなり重度な症状の患者さんが診察を受けに来たんだ。初診だったから色々と生活習慣から家族構成、生い立ちまで細かく聞いたんだ。その患者さんは四十代の男性で大学で郷土史なんかを研究しているみたいでさ。実際に話していてもどこも変じゃないんだ。落ち着いているし言葉の使い方も適切でさ。ほら、普通はこういうところを受診する人ってやっぱりどこかが普通じゃないだろ？　妙にオドオドしていたり話の脈絡がおかしかったりしてさ。でもその男性患者にはそんな違和感がどこにもない。ただ普通じゃないのは他人に視えないモノが視えてるっていうことだけでさ。いつからそんなモノが視えるようになったのか？　って聞いてみたら、とある古い洞窟の中の祠を見つけてからだって言うんだ。その患者さんは仕事柄、その祠にも興味が湧いて色々と祠の内部も調べてみたらしいんだけどさ。その最中、寒さを感じて何かが体の中に入ってきたような異物感を覚えた瞬間、意識を失ったらしいんだけど、それからずっと視えてるって言うんだ。目がなくて口が大きく開いた状態の両肘の先が欠損している中年の女性だそうだ。着ている服も農耕民族が着ていたようなみすぼらしいものらしいんだけど、その女性がずっと傍から離れてくれないって言うんだよ。だから、僕は聞いてみた。『それじゃ診察を受けているこの瞬間にもあなたの傍にいるんですか？』って。そうしたら大きく頷くんだ。だから今度は『具体的にどの位置にいますか？』って聞いたら『先生のすぐ横に立ってます！』って言われてさ。僕は思わず背後を振り返ったよ。でもやっぱり誰もいなかった。だからさ、誰もいませんけど？　って言いながら顔を元に戻そうとした瞬間、首が強い力で捻られる痛みを感じてね。耳元で『いるよ』ってはっきりと聞こえたんだ。僕としても本当に驚いたし何か得体の知れない気持ち悪さを感じてさ。それでも医師という立場から『やっぱりストレス性の統合失調症という診断になりますかね。これからはしっかりと治療をしていきましょう。長い時間が掛かるかもしれませんけど一緒に頑張りましょうね』と声を掛けたんだけど、その瞬間、患者さんの顔が突然変わってさ。もうそれは表情が変わったとかいうレベルではなくて、明らかに別の人間の顔になってた。しかもそれは女の顔にしか見えなかったし、両目には穴しか開いてなかった。そして、明らかに中年女性の声でこう言ったんだ。『馬鹿にするな。祟るぞ』って。それから僕は意識を失ったみたいで、気が付いたら診察室のベッドで寝かされていた。その患者さんも既に帰られてたみたいだし、何が起こったのか、全く説明がつかないんだ」
俺「それならその患者さんが再診に来た時にもっと詳しく聞いてみればいいじゃん？」
Y「うん。そうなんだけどさ。でも、その患者さんはそれ以来、僕の病院にやって来ていないんだよなぁ。保険証もあったし連絡を取ろうとはしたんだけどさ。でも一度も連絡がつかない。大学にも行っていないみたいで、完全な音信不通って言う奴かな。でも、お前、こういうことには詳しいんだろ？　実際こういうことって怪異として起こり得るのか？」
俺「まあ、ありがちな話だけどさ。でも、俺が相談を受ける怪異っていうのはその殆どが精神的な疾患が原因かなぁ、っていう場合が多いのも事実だから。でも、それだけなら気にする必要もないと思うぞ？」
Y「まあ、それだけならな。実はさ。その患者さんがやって来てから数日間、夜中にインターホンが鳴らされることが続いた。モニターで確認しても誰も映っていないからそのまま放置していると、今度はドアがガンガンガンと凄い力で叩かれた。さすがに警察を呼んだけど、確認してみたら玄関ドアには人間の拳で叩いたような手の跡が付いていて、ドアが大きく変形していた。マンションの頑丈なドアがそれほど酷く変形するほどの力で叩いたら人間の手なら間違いなく骨折どころではない、って説明されたよ。それにそれだけじゃなくて夜中に玄関ドアから音が聞こえなくなった後、今度は寝室の窓が爪で引っ掻かれるような音が続いた。朝になって確認したけど窓の外側のガラスが抉られているような爪痕らしき十本の深い傷がついてた。言っとくけどうちの部屋はマンションの八階なんだよ。そんな高さの場所に真夜中に泥棒でも侵入しようとしていたっていうのかな？　まあ五日間ほどそんなことが続いてすぐにピタッと何も起こらなくなったけどさ。警察も首を傾げるばかりでさ。これって精神疾患とか集団催眠で片付けられることだと思うか？」

そう聞かれて俺はこう答えるしかなかった。

「どうなんだろうな。でも怪異っていつもそんな感じだ。百パーセントの存在を確認されないギリギリの所で蠢いてる。百パーセント存在が確認された時点でそれはもう怪異ではなくなってしまうのをあいつらも知ってるのかもしれないな。そして、そうなるのをあいつらは避けてるんだと思う。だから怪異は認めてもいけないし、全否定するのもいけないんだ。いるかもしれないし、いないかもしれない。それが一番かもな。その一線を越えようとした時に怪異は実害を与えてくるから。まあそれができれば俺も苦労はしないんだろうけどな」と。

その後、帰る際にお勘定を頼んだ俺たちに、マスターが不思議そうな顔でこう言った。「お代金はもう頂いていますから結構ですよ。ご一緒にいらっしゃっていたご婦人に。よいお話を聞けたと嬉しそうにお帰りになったでしょ？」と。

ちょっと待ってくれ。

この店にはYと二人で飲みに来たのだ。

ご婦人？　誰だよ、それ？

そう聞き返そうとしたが、すぐにやめた。

ここはバーだ。

誰が来ていつ帰ろうとそれは自由なのだから。

祖父の償い

これは関西にお住まいの菱田さんから寄せられた話。

彼女は現在四十代で夫と二人の娘の四人家族で公営団地に暮らしている。

そんな彼女は三十代の頃に両親を亡くし、それ以来近くに住む母方の祖父母を親代わりとして心の支えに生きてきた。

しかしその祖父母というのがとても奇妙な関係性を持っていた。

祖父は祖母に対して異常なほど厳しく接し、祖母の前で笑ったことなど一度も見たことがなかった。

それでいて祖父は彼女に対して本当に優しくしてくれた。

どんな時でも真正面から受け止めてくれたし、的確なアドバイスに助けられたこともあった。

勿論、祖母も彼女に対して本当の母親以上に優しく、真剣に接してくれた。

だからこそ彼女には理解不能だった。

自分の前ではあんなに優しい祖父が、祖母が傍にいるだけで険しい顔になり、まるで自分の召し使いのように祖母をこき使う。

それなのに祖母は不満の一つも言わずに指示されたことをこなしていく。

祖父はきっと祖母のことが嫌いなのだと思っていた。

それにしても祖母はどうしてこんな仕打ちを受けながらニコニコ笑っているんだろう？

それが不思議で仕方なかった。

彼女は祖父母のどちらも大好きだったから絶対に離婚してほしくないと思っていたが、内心ではいつかは離婚してしまうのだろうな、と覚悟していたそうだ。

しかしそれから十年ほど経った頃、とある事件が起きたことで祖父母のことが少しはわかった気がしたという。

その頃、祖父は六十代で重度のリウマチを患い、以前にも増して祖母に依存する生活になっていた。

自分一人では立ち上がることもできず、着替えることさえできない。

いつも居間に敷かれた布団の上で横になって過ごし、布団の上で食事をして立ち上がるのはトイレに行く時だけ。

いっそのこと、トイレもオムツで済ませばいいのにと進言したが、それだけは嫌だと祖父に拒否された。

ただそうなると大変なのは祖母だった。

常に祖父の傍にいて食事やトイレのたびに重労働を強いられる。

さすがに祖母が可哀そうすぎると思ってみていたが、どうやら祖母の顔からは少しも辛そうな感情は汲み取れない。

それどころか以前にも増して幸せそうな顔で祖父の顔を見ていた祖母が、彼女にはとても信じられなかったという。

そんなある日、運悪く祖父母の家は強盗に入られた。

深夜、寝静まった真夜中に台所の窓から侵入されたそうだ。

二人組の強盗は三十代で顔など隠してはいなかった。

つまり顔を見られても構わない＝家人は全て殺害する。

そういうことだったのだろう。

そしてそれはきっと寝室に押し入られた祖父母にもすぐに恐怖として伝わっただろう。必死に祖父を庇う祖母に二人組は金目の物を差し出すように要求した。寝たきりで何もできないまま、恐怖でガタガタと震えながら部屋から出ていく祖母を、祖父は見送った。

それから祖父が何を感じ、何を考えていたのか祖母にはわからないという。

しかし、祖母の頭の中ではなんとかして祖父だけでも助けられないか……と、そればかり考えていたそうだ。

しかし、部屋を出て一分と経たない頃、寝室の方から祖父の奇声が聞こえ、次の瞬間祖父が廊下をこちらに向かって走ってきた。

鬼のような形相で両手を大きく上にあげた状態で。

そもそも祖父の手足はリウマチの悪化で大きく骨が変形しており、一人で立ち上がって歩くことはおろか走ることなどできるはずもなかった。

だが、前方からやってくる祖父は以前のようにしっかりとした足取りでこちらに向かって突進してくる。

一体何が起こっているのか祖母には理解できなかった。

両手をあげて突進してきた祖父は、真正面から二人の強盗にぶつかっていった。

そして、そのまま声も上げずにその場に崩れ落ちた。

祖父の左胸からはどくどくと真っ赤な血が溢れだし、あっという間に廊下に血溜まりができた。

しばらくすると祖父はピクリとも動かなくなった。

その時点で祖母は初めて絶叫した。

悲しみとも絶望ともわからない感情が溢れだし、涙が流れだすより早く絶叫していた。

それを見ても二人の強盗は全く動じていなかった。

それどころか今目の前で起きた死も当然のことのように冷静な目をしており、祖母はといえばそんな二人組に心だけは負けてたまるか、と気持ちを強く保とうと必死だった。

祖母に金目の物を教えるよう家の中を案内させる二人組。

祖母の中にはなんとか二人組に一矢報いてから祖父の後を追って死んでしまおうという気持ちがどんどん強くなっていた。

その時、予想だにしないことが起きた。

二人組の一人が、もう一人をナイフで刺したかと思うと次にはもう一人が相手を刺した。

それもふざけてという感じではなく、明らかに殺意がある刺し方で。

当の二人はというと、一体何が起こったのか理解できないという表情をしていたそうだ。

その後も二人は互いをナイフで刺し合いながら一人がその場でうずくまると、もう一人はその場から逃走した。

しばらくその場で固まっていた祖母は何も理解できないままハッと我に返り、すぐに警察と救急に電話した。

結果として二人組の一人は命を取り留め、祖父は既に絶命していたそうだ。

今だから祖母は確信をもってこう考えている。

祖父は自らが死んで魂になり、祖母を救おうとしたに違いない、と。

それは祖父が生前、死んでも魂は生き続けると信じていたことを知っていたからというのもあるが、検死の結果、祖父は自らの心臓に刃先が深く刺さり、すぐに絶命できるように防御することなく強盗にぶち当たっていったことがわかったからだ。

そして祖父が動かなくなる前に祖母に見せた、何とも言えない優しい笑みが全て。

その後、親戚から祖父母の馴れ初めを聞いた。

祖父は祖母と付き合う際に何度も断られたが諦めず、結婚する時には命に代えても絶対に祖母を護ると周りに誓っていたそうだ。
祖父は、確かに約束を守ったのだ。

従いますか？

突然、誰かから指示されたとしても、従う場合もあれば従わない場合もあるだろう。

信頼している者からの指示ならば素直に従うだろうし、全く信用していない者からの指示ならば無視するのが普通だと思う。

しかしその判断が時として生死を分ける場合もある。

アナタは他人からの突然の指示に素直に従えますか？


滋賀県にお住まいの樫田さんは現在一人暮らしの四十代。

当時はかなり家賃の安いアパートで暮らしていた。

そのアパートが安いのには理由があった。

とても不便な場所に建てられていたのだ。

大通りから車が入って来られないような細い路地を八十メートルほど進んだ先にあるアパート。

アパート自体はそれなりに新しくきれいなのだが、そんな不便な場所に建っていたから家賃も安くせざるを得ない。

しかしいくら安くしようとも、そのアパートに入居しようと思う奇特な人はなかなかおらず、二十部屋ほどあるアパートの部屋は半分も埋まっていたことがなかった。

確かに彼が引っ越しした際にもアパートまでの距離に絶句した。

大通りにトラックを止めての手運びは、予想以上に大変なものだった。

おまけに大通りからアパートまでの細い路地の両側には家々の高い塀が建ち並び、完全に閉鎖された空間になってしまっている。おかげで昼でも薄暗いその路地は、幽霊が出ると実しやかに囁かれるほどだった。

結局、彼はそのアパートに五年以上住み続けたが、別に気に入っていた訳ではなく、引っ越しが大変だから、というのが本当のところらしい。

そんな彼がアパートを出ようと決心したのには理由があった。

実は、彼がそのアパートに住み始める前から色々と噂は聞いていた。

……そのアパートには怪奇現象が起きている、と。

別に住人の誰かが幽霊の姿を目撃してしまったという事実はなかった。

ただ異様な声や足音、物理的に説明できない現象が日常茶飯事的に発生した。

確かに入居した当時は愕然として眠れない夜が続いた。

しかし眠れないと仕事にも支障をきたす。

だからなんとかして眠る努力をした。

そうしているうちに頻繁に起こり続ける怪異にも慣れてきてしまった。

そうやって彼はそのアパートで暮らしていく耐性を身につけていったのだ。

いつかはアパートを引っ越そうと思ってはいたが……。

だが住み始めて五年ほど経った頃、想定外の出来事があった。

その時、彼は日曜日の夕方ということもあり、部屋でゴロゴロしながら音楽を聴いていた。すると突然、部屋がガタガタと揺れだした。

「地震か！」

そう思い慌てて起き上がったが、揺れは収まるどころかどんどん大きくなっていった。

命の危険を感じるほどに。

さすがにヤバイと感じ始めた彼は慌てて部屋を出ると、アパートの外へ飛び出した。

するとその瞬間、背後から女性の声が聞こえた。

母親でもない中年女性の声は優しい口調で、

「すぐに逃げて……急いで！」

そう聞こえたという。

「今の声はなんだ？」

そう思い立ち尽くしていると、またその声が聞こえてきた。

「とにかくここから逃げて！　この道を真っ直ぐ逃げて！」

確かにそう聞こえた。

その声を聞いた瞬間、彼はその場から一気に走り出した。

それはアパートで起こる怪異では聞いたことのない声だった。

しかも明らかに彼を心配し、助けてくれようとしている声にしか聞こえなかった。

「このまま立ち尽くしていたら死んでしまうに違いない。あの声は俺を助けてくれようとしている幽霊の声に違いない！　すぐに全力で逃げなければ！　あの声に従って！」

そう判断したのだという。

必死に走り続けた。

昼間でも薄暗い路地には街灯一つなく、視界不良で走ることも躊躇されたがその時の彼はなんとか助かろうと必死だった。

何度も転びそうになりながら走り続けていると、またその女性の声が聞こえてきた。

「もっともっと速く走って……もっともっと！　急がないと間に合わない！」

体力には全く自信がなかったし、路地の半分も全力疾走していると既に息は切れ、心臓が破裂しそうに痛かった。

足元もふらつき、眩暈すらしたが、それでも彼は全力で走り続けるしかなかった。

自分が助かるために。

するとまた女性の声が聞こえた。

「もっともっと頑張って……もう少しもう少しだから！」

その声を聞いて彼は自分を奮い立たせた。

その女性の声は初めて聞く声だった。

母親でも親戚とも友人とも違う声。

亡くなった知人の声とも明らかに違っていた。

だがそんな見ず知らずの女性が必死に自分を助けようとしてくれている……。

その声に応えなければ！

死にものぐるいで暗い路地を走り続け、ようやく大通りが眼の前に見えてきた。

するとまた女性の声で、

「もっともっと速く走って！　もっともっともっともっと！」

それを聞いた彼は最後の力を振り絞ってラストスパートをかけた。

そして大通りに出る直前に、彼に別の声を聞いた。

「とまれ！　とまらなきゃ死ぬぞ！」

それも聞いたことのない男性の声だった。

彼は一瞬立ち止まろうとしたが止まり切れずそのまま大通りに出た瞬間、強い衝撃を感じて意識を失った。

次に目覚めたのは病院のＩＣＵのベッドの上だった。

沢山の管やケーブルが体と生命維持装置を繋いでおり、ことの深刻さを知って愕然とした。

それから何度も意識を失ったり蘇生したりを繰り返した末に、彼はなんとか一命を取り留めた。

その間、彼の耳にはあの女性の声がずっと聞こえていた。

いや、声ではない。

あの女性がゲラゲラゲラゲラと気持ち悪く笑う声がずっと聞こえ続けていたそうだ。

退院までに一年以上を費やしたが、彼はいまだに足を引きずり長時間動き続けることができない身体で生活している。

仕事も辞め、引っ越しをしたが、いまだにその女性の笑い声が聞こえることがあるらしい。

彼は最後にこう言っていた。

あの時、僕はあの女に騙されていたんです。

僕を殺そうとしている、生きてはいない女に……。

でも、僕は大通りに出る直前、突然聞こえてきた男性の声のおかげで一瞬速度を緩めたんです。

あれがなかったら間違いなく死んでたはずです。

幽霊にも悪い奴と良い奴がいるってことにも驚きましたけど、僕はもう誰の指示にも従いません！

だってその指示が正しいか、そうじゃないのか——いえ、悪意の罠か、そうじゃないのかなんて、結果が出るまでわかりようがないんですから……と。

アナタは他人からの突然の指示に従えますか？

ころがりわらし

　肥田さんは大阪で銀行マンとして働く三十六歳。

そんな彼は十一歳まで山陰の村で育った。

父親が亡くなったのを機に村を離れ、母方の実家がある大阪で暮らすことになったそうだが、それからも村を忘れたことはなかった。

もっとも父親だけでなく、祖父母もすでに鬼籍に入っている。今では空き家になった古い家屋が残っているだけなのだが、それでも村に戻りたい、絶対にもう一度行きたいのだと熱く語る。

　実際、成人してから何度も彼は村を目指したらしい。ところが、一度も辿り着けたためしがないのだ。車で行っても、バスやタクシーを使っても、必ず途中で大きな事故やトラブルが発生し、諦めざるを得なくなる。なかば意地になって、自転車と徒歩で行こうと試みたこともあるが、なぜか歩くのも困難なほどの霧に包まれてしまい、道に迷った挙げ句一歩も前へ進めなくなった。スマホ全盛の時代だというのに、突然、位置情報が掴めなくなり、電波まで消えてしまうのだ。

そんなことが一度や二度ではないというのだから、よほど運が悪いか、視えざる力が働いているとしか思えない。もう途方に暮れるしかなかった。

自然が豊かな村ではあるが、それほど僻地という訳でもない。なのにどうしてこうなってしまうのか。

村は彼の生まれ故郷であり、当時の友達もまだ沢山住んでいる。彼らと山を駆け巡り、日が暮れるまで遊んだのは懐かしい思い出だ。

しかし、彼が村に帰りたいのには別の理由があった。

彼にはどうしても確かめたいことがある。

それは、彼が小学四年生の時に遭遇した〈妖怪〉に関することだった。

彼の祖父母は農業と林業に従事しており、両親もそれを手伝うことで生計を立てていた。

そのため、彼の生家は山の麓《ふもと》にあり、家の周りには広々とした畑が広がっていた。

だが、友達と遊ぶのはいつも川や学校の周りで、山に入ることは一切なかった。

それは大人から、山に入ってはいけないと厳しく言いつけられていたからだ。

彼だけではない。子どもは勿論のこと、大人の間でも頑《かたく》なに守られているルールであった。

しかし、村人の中にはそれを破る者もいた。

――山には見たこともない動物や昆虫が沢山いて、山菜や美味しい野生の果実がたわわに実っていたぞ。

これは悪戯《いたずら》で山に入った中学生が語っていたことだ。

そんな話を聞く度に、彼も山に入ってみたくてうずうずしていたが、厳格な両親からの叱責を恐れてずっと我慢していたという。

彼の両親はいつもこう言っていた。

「あの山には絶対に近づいちゃならんぞ。脅しなんかじゃない。あの山には得体の知れないものがいるんだ。山に入ったまま戻らなかったやつは一人や二人じゃないんだ。父ちゃんの幼馴染みも山で神隠しにあって、あとで遺体となって見つかったんだ。無残に食い散らかされた姿でな。だから絶対に山には入るなよ。他のことなら許してやるが、あの山だけは駄目だ。肝に銘じておけ！」

それを聞いて怖くなった彼は、祖父に抱きついて恐る恐る問うた。

「今の話って本当なの？」

祖父はいつもとは違う厳しい顔で頷いた。

「ああ、本当の話だ。だからこの土地の人間は誰も山には近づかん。まだ死にたくないからな。じいちゃんだって仕事で仕方なく山に入っているが、本音を言えば入りたくなんかない。死にたくないし、お前に会えなくなるのはもっと辛い。だから山に入る時には必要以上に武器を持って入る。まぁ、そんなもんじゃかすり傷ひとつ付けられんだろうがね」

確かに祖父が山に入る時は、集団で行く。けして一人では入らない。全員が体に重い防具を着け、猟銃と大きな山刀《なた》を持っていく。誰もが緊張した面持ちで、何かを恐れていることはひしひしと彼にも伝わっていた。

あんな物々しい武器をもってしても、傷ひとつ付けられないとは一体どんな相手なのか。想像するだけで恐ろしくなって、彼はまた泣きべそをかきながら訊いてみた。

「じいちゃん、その化け物ってどんな姿をしているの？」

祖父は首を横に振って答えた。

「それはワシにもわからん。見たらおしまいなんだから。そいつの姿を見て、生きて帰ってきた者は一人もおらん」

実際、山仕事から帰ってきた祖父は青ざめた顔で、身体をガタガタ震わせている。彼はその姿を何度も目撃しており、その度に絶対に山には入るまいと心に誓ったという。本能的に察した恐怖感はきっと正しかったのだ。


けれども、そんな子どもの決心は、子どもであるがゆえに簡単にひっくり返ってしまう。

彼はある日、クラスの友達からこんな遊びを持ち掛けられた。

「おい、面白い遊びしねえか？　いや、肝試しって言った方がいいか。おまえって山に入るのを徹底的に嫌がってるじゃん？　まあ、おまえだけじゃなくて、クラス全員そうなんだけどよ。だからさ、クラス全員で山に行ってみないか？　勿論、全員参加ってわけにはいかないさ、臆病な奴もチラホラいるからな。ま、そんな奴らはそもそもこの遊びに参加する資格もねえ。この遊びに参加できるのは勇気のある奴だけだ。そんな勇者の中で誰が一番強いかを決めるんだよ。つまり誰が一番奥まで行けるかを競うんだ。面白れぇだろ？　まさかお前は不参加なんてことはねぇよな？」

最初は参加する気などこれっぽっちもなかった。

しかし、クラスの男子の殆どが参加すること。おまけに女子まで数人参加すると聞かされ、気持ちが揺れた。

そして、次の言葉を聞いた瞬間、その迷いはあっけなく崩れ去った。

「そうそう、これってクラスの先生にも許可をもらってるから心配は要らないぞ」

確かに山は怖かった。

だが、それ以上に山への好奇心が上回った。

おまけに今回は男の面子《メンツ》がかかっているのだ。女子も含めてクラスの殆どが参加するというのだから、ここでひよったら最後、肩身の狭い学校生活を送らなければならなくなるのは明らかだった。

「わかったよ。僕も参加するから」

結局、彼はそのイベントに参加することに決めた。

しかし、これは後になってから知らされた事実なのだが、どうやら彼が持ち掛けられた話はその殆どが嘘で固められていた。

この肝試しに参加するのは彼一人。

他のクラスメイトは参加しないだけでなく、肝試しの存在すら知らなかったのだから、先生が知っているはずもなかった。

ではなぜ、友達はこんな嘘をついたのか?

それは彼を困らせるための悪戯だった。

いつもクラスのリーダー的存在だった彼を困らせてやろうと考えたのだという。

そのために、いつも異様に恐れ、近づこうともしない山を利用した。

全く悪趣味としか言えない悪戯であるが、それに乗ってしまった彼はとても恐ろしく珍しい体験をすることになる……。

最初、他にも沢山のクラスメイトが山に分け入っていると信じ込んでいた彼は、初めて入る山だというのにそれほど怖さは感じていなかった。山道にはしっかり車の轍《わだち》が残っており、未開の地へ行くという不安感はなかった。

むしろ少しワクワクした気持ちもあったが、心の奥底ではやはり両親の言いつけが忘れられずビクビクしていたという。

鳥か獣か、それまで聞いたことのない鳴き声が聞こえる度に凍りつき、生きた心地がしなかった。

そして、突然聞こえた林の中を駆け回る音と、けたたましい咆哮《ほうこう》に驚いた彼はそれまで歩いていた山道を外れ、右往左往しながら逃げまわった。

そうして気が付いた時には山道から離れ、チョロチョロと流れる小川のそばに立ち尽くしていた。

怖くて動けなくなった彼はその場でしばらくうずくまっていたが、やがて日が暮れ始めていることを感じ、ようやくその場から歩き出した。

しかしどう歩いても元の道には戻れなかった。

決して標高が高い山ではないのだから、川沿いを下方に向かって慎重に歩いていけばうまく下山できたのかもしれないが、焦れば焦るほど山の中を右往左往してしまい、全く身動きがとれなくなった。

そうこうしているうちに山は完全な闇に包まれてしまい、彼は不安と恐怖でべそをかき始めた。

草が擦れ合う音も、動物たちの咆哮も、彼の耳には全く違うものに聞こえていたのだろう。

まるでそう、夜の山を幽霊や妖怪たちが彼を探し回っている音に。

それでも彼は感情のまま泣き叫ぶことだけは我慢した。

――泣くことや助けを呼ぶことは自分の居場所を知らせることになってしまう。

幼いながらもそう考えた彼は、目を閉じ両手で耳を塞いだ。

それは正解だったようだ。

彼はむやみやたらに怖がるのではなく、余計な恐怖が薄れていく安心感の中で、やがて眠りに落ちることができた。

次に小鳥のさえずりで目覚めた時はもう、朝になっていた。

彼は急いで動き出した。昨晩、家に帰らなかったのだから、今頃家族だけでなく村中で大騒ぎになっているはずだ。

――一刻も早く帰らないと、叱られるだけでは済まなくなる。

そんな思いが彼の足を速めていた。

相変わらず山道には戻れなかったので、余計なことは考えずにただ下の方向に向かって歩いていった。

休みも取らず、ひたすら歩き続ける。

気が付くと足が小刻みに痙攣し、かなり疲れていることに気付いた。

――このままじゃ山を下りるどころか一歩も歩けなくなるかもしれない。

そう感じた彼は少しだけ足を休めることにした。

前方にはかなり大きな平たい石があり、腰を下ろすのに丁度いい。

彼はその上に腰を下ろすと、残っていた水筒のお茶を飲んだ。

――誰か助けてきてくれないかなぁ。

そんなことを考えていた時、何かが林の中をゴロンゴロンと転がっていく音が聞こえた。

山の中で聞こえる音にしては奇妙きわまりない音であるのに、疲れ果てていた彼は、

――もしかしたら誰かが助けに来てくれたのかもしれない。

と思い、その音に神経を集中させた。

音は近づいてきたり遠ざかっていったりを繰り返しながらずっと聞こえ続け、消えることはなかった。

――あれって本当に助けに来てくれた人たちのものなのかな？　もしもそうじゃなかったとしたら、あの音は一体何なんだ？　まるで大きな石が動いているみたいな音に聞こえるけど……。

そう思った瞬間だった。

左手に噛まれたような嫌な痛みが走った。

慌てて自分の左手を確認しようとした刹那、彼はありったけの声で絶叫していた。

自分の左手を大きな岩が挟み込んでいた。

咄嗟にその岩から手を引き抜き、その場から十メートルほど逃げて状況を確認した。

そこには直径二メートルほどもある顔だけの何かがいた。

大きな岩だと思ったそれは明らかに巨大な顔であり、そんなものに噛まれたのだと知った瞬間、左手が更に痛くなったような気がした。

顔だけ見ればザンギリ頭の子供だったがその大きさは異様であり、何より顔の下に体というものが付いていなかったのが衝撃で、恐怖だった。

その場で硬直してしまっていた彼は、巨大な顔の口がモゴモゴと動いたのを見た瞬間、全力でその場から走り出していた。

顔に見える大きな岩だと思い込みたかったが、動いた以上は岩ではない。

しかもそんな生き物など見たことも聞いたこともなかった。

昔読んだことのある妖怪図鑑に出ていた何かのような気がしたが、だとすれば本物の妖怪ということになってしまう。

祖父や両親が言っていたことは本当だった。

だとすれば自分は間違いなく村には戻れないし、両親や祖父とも二度と会えない。

いや、最悪の場合、無残に食い散らかされてしまう。

それだけは絶対に嫌だった。

――今まで誰も生きて帰らなかったとしても僕だけは絶対に生きて帰ってやる！

自分にそう言い聞かせ、勇気づけながら必死に走り続けた。

しかし、どれだけ逃げてもその大きな顔はどこまでも追いかけてきた。

背後から追いかけてきているかと思えば、突然前方から現れる。

右から追いかけてきているかと思えば、左から現れる。

その度に彼は右往左往しながら、大声をあげて逃げ惑うしかなかった。

そして時おり聞こえてくる「うおー」とか「おーい」という奇妙な声、そしてゴロンゴロンと転がっていく大きな音も彼にトラウマを植え付けるには十分なものがあった。

どこをどう逃げ続けたのかも覚えていなかった。

しかし、気が付くと彼の名を呼ぶ声が遠くから聞こえてきたから、彼はその声に向かってありったけの大声で叫び返した。

「おーい、ここです、ここにいます！」

そして、その場でへなへなとへたり込んで腰を抜かしている状態で、彼は無事、大人たちに発見された。

彼は助けに来てくれた大人たちに必死で先程まで追いかけてきていた大きな顔について説明した。

しかし、その時にはもう、その大きな顔はどこかへ消えてしまっていた。

あれだけゴロンゴロンと大きな音を立てて動き回っていたのに、音もなく忽然と……。

もっとも大人たちは彼の話になど興味がないようで、一刻も早く山を下りることしか考えていないのは彼にもわかった。

なにしろその場にいた大人たち全員が蒼ざめた顔をして、何かに怯えていたから。

そうして無事に山から下りてくることができた彼は、帰宅早々、両親や祖父から長いお説教をくらうことになった。

だが、その最後に祖父がこんな話を聞かせてくれたという。

「まったく、あれほど山には入るなと言うたのに……。しかしお前は見てしもうたんじゃろ？　だったらこれは話しておかんとな。いいか。あの山には〈ころがりわらし〉っちゅうもんが棲んどってな。神か妖怪なのかは誰にもわからん。ただわかっているのは、山に入った大人たちを食べてしまうということじゃ。それと自分の姿を見てしまった者をな。だが、子供は食べんとも聞く。お前はアレの姿を見たんかもしれんが、まだ子供じゃ。だからそれだけに望みを託して生きるしかないぞ。わかるか？　これからはちゃんとご先祖様と神様にお祈りだけは忘れるなよ！」と。

それから彼は二度と山には近づかなくなり、父の死と同時にその村を離れた。

その後、祖父が亡くなる前にこんな電話をもらったそうだ。

「実は聞き忘れたんじゃが、お前、あの山での一件以降、身体に奇妙なあざとかホクロができたってことはないじゃろうな？　いや、ないならそれに越したことはないが、もしもそんなものができていたとしたら、すぐにもっと遠い土地に移り住め。この村、いや山からできるだけ遠い場所に移り住むしかない。海外に住めるならそれもいい。アレは子供の身体に目印を付けるんじゃ。大人になってから食べられるように。だからアレに目を付けられる前にできるだけ早く逃げろ！　目を付けられたらもう逃げられん。また山に入りたくて仕方なくなる。そうなったらもう逃げられん。食べられるだけじゃ。どうだ？　体に変な目印は付いてないか？」

彼は大人になった今こそ、確認してみたいのだそうだ。

——山で遭遇したのは助けてくれるためだったのか？

——それは食べ頃の大人になるまで、泳がせるためだったのか？

——そして、自分の身体に浮き上がってきた大きなあざは目印なのか？

彼の身体には、成長していくにしたがって大きな黒い痣が浮き上がってきた。

それが目印というものならば、やはり自分を食べようと思っているのか？

祖父が言っていたように、彼はあの山に行きたいという衝動を年々抑えられなくなっている。それでもこれまで何度も村行きを阻害されているのは、死んだ父や祖父母が止めてくれているからかもしれないと思う。だが、その守りもそろそろ力尽きる、そんな予感がしている。

そしてもう一つ、彼の身体全体が現在進行形で腐り始めているのだ。

病院でも原因がわからず、既に左手は動かなくなって久しいが、どうすれば腐敗の進行を止めることができるのかもわからない。

全ての答えを知った時、もしかしたら彼はその妖怪に食べられてしまうかもしれないが、それでもどうしても聞きたいのだそうだ。

「村に、山に帰りたい」

彼は最後にもう一度かみしめるように語った。

サバイバルキャンプ

これは富山県に住む知人男性から聞いた話になる。

彼は四十代の独身男性。

以前は結婚していた彼だが、今は長い調停の末に離婚し一人で暮らしている。

彼は俺によくこう言っていた。

「結婚するよりも離婚する方が遥かに疲れるよ。それに結婚はもうこりごりだ。いや、それよりも人間そのものが面倒くさくなっちまったよ」と。

そして、ちょうど離婚した頃からだろうか。

彼がソロキャンプに興味を持ちだしたのは。

勿論、最初はキャンプを趣味としている友人に同行し、バーベキューやテント泊を楽しんでいただけのようだが、人付き合いに疲れていた彼には自然の中での生活はとても居心地が良かったのだろう。

友人から色々とキャンプの知識を学びとった彼は、すぐに一人きりでキャンプ泊をするようになった。

思い起こせば彼は虫やヘビを嫌がったことがなく、逃げ出す俺たちを尻目に、

「これって食べられるのかなぁ？」

と真面目な顔で聞いてくるような奴だった。

元々、自然の中で過ごすことに耐性があったのかもしれないが、そのうち彼はキャンプではなく、サバイバルキャンプというものに興味を持つようになっていった。

それはネット上に沢山アップされているサバイバル動画の影響かもしれないが、とにかく彼はどんどんサバイバルキャンプにのめり込んでいった。

興味のあることには迷うことなく突き進むのが彼の良い所でもあり悪い所でもあるのだが……。

彼が考えるサバイバルキャンプというのは、何も持たず山の中へ分け入り、自給自足で二、三日間を山の中で生き抜くというもの。

勿論、万が一のために、非常用の飲料水と携帯食は持っていくらしいが、それらにでき

る限り手を付けることなく、小川や湧き水を飲み、草や木の実、キノコ、場合によっては虫やカエルも食べて生き抜くというもの。

テントすら持ちこむことはなく、寝床として使っていたのは大きな木の上に落ち葉を敷き詰めた簡易ベッド。

寝相の悪い彼としては木の上から落下してしまわないかといつもヒヤヒヤしているそうだ。

当然のごとく不便極まりない山の奥でのサバイバルだったが、それでもキャンプで培った、火を熾《おこ》す技術があればなんとかなっていた。


その日も彼は朝早くから家を出て、いつもの山へ向かった。

最初の頃は不安もあり、なかなか山の奥へ分け入ることはできなかったが、その頃になると自分の力量にもかなりの自信を持っていたようで、その日はいつもよりもかなり深い山の奥へと足を踏み入れた。

いで立ちはかなり軽装で、この男がこれから深い山奥に分け入ってそこで一晩過ごすなど、誰も思わないだろう格好だった。

彼はどんどんと山を登っていった。

舗装された道は姿を消し、砂利道もやがてなくなり、獣道しかなくなっても彼は歩みを止めなかった。

携帯の電波は次第に弱くなっていきやがて完全に途絶えた。

それを見て彼は思わずニンマリした。

誰にも干渉されない一人きりになれる場所こそが自分を見つめられる最高の場所。

それこそが彼のサバイバルキャンプの目的でもあった。

彼の足は止まらなかった。

標高が低く、それでいて登山道も整っていなかったから、登山者もハイカーも近づかずたまに来るのは狩猟者だけ。

それだけに人の手が付けられていない自然がそのまま残されており、サバイバルを満喫するには最高の聖域だと彼は考えていた。

山に入って二時間ほど登った所に少し開けた場所を見つけた彼は、その場所を今夜の寝床にしようと決めた。

近くには小川もあり、寝床を作るのにちょうどいい大きな木もあった。

どんなにサバイバルを満喫したくても最優先すべきは身の安全だ。

平地で寝ている時にクマにでも襲われれば、そのままクマの餌になってしまう。

だから彼は大きな木の上で寝ることに決めていた。

寝るといってもあくまで仮眠をとる程度で、まとまった睡眠をとるのは昼の間だけと決めている。昼間より夜の方がクマなどの野生動物は動きが活発になり、それだけ危険も増すからだ。

高い木の上に落ち葉を敷き詰めてなんとか簡易的な寝床を作り終えた彼は、次に空腹を満たすことにした。

近くの小川で水を汲んできてお湯を沸かし、それを飲料水にして、草木やキノコ、虫などを煮込む際にも使った。

キャンプとサバイバルの経験から安全な水、食べられるものの知識はそれなりにあった。

お腹を満たした彼は辺りが暗くなる前に荷物とともに木の上に移動した。

いつもより少し高い、五メートルほどの高さの場所に寝床を作ったのは正解だった。

これならば万が一クマの標的にされたとしても対処する時間がそれなりに稼げた。

手探りで身体を安定させられるポジションを探り、横になった。

更に、万が一の場合に備えて手元には大型のサバイバルナイフと鉈を置いた。

そこまでしてようやく一息つくことができた。

彼は木の上で夜を過ごす時にはいつも自分が兵士なのだと言い聞かせた。

自分は常に敵の兵士、そしてスナイパーから狙われている身なのだと。

そう考えることで生への執着心が増して緊張感を維持できた。

気を緩めるのは朝になって眠る時で良い。

それ以外の時は常に緊張感を持って警戒を怠らない。

そうやって彼はそれまでの幾多の危険を乗り越えてきた。

完全に陽が落ちた山の中は殆ど視界が利かなくなり、聴覚だけが異様に敏感になっていく。

だからといってライトやライターなどを灯したりはしない。

明かりは視界を広げてくれる反面、危険も呼び寄せる。

全てそれまでの経験が教えてくれたことだった。

それに漆黒の闇に身を置いていると次第に目が慣れて、少しだけ視界が開けてくる。

後は耳から入ってくる情報を組み合わせれば、たいていの危険は感知できるのだ。

そもそも彼は深い山中の暗闇など、微塵も怖いと感じていなかった。

この山で一番強いのは自分なのだと信じることで恐怖などすぐに消えてくれた。

しかしその時の彼はいつにも増して疲労が蓄積していたのだろう。

いや、もしかするとそれ以外の要素が原因だったのかもしれないが、彼はその時知らぬ間に木の上で寝落ちしてしまう。

ほんの数分だけの束の間の睡魔に身を委ねてしまった。

ハッとして目を覚ました彼はすぐに辺りの異変を感じ取ったという。

音という音が何も聞こえなくなっていた。

虫の音も木の枝が擦れる音も草が風に揺れる音も全てが忽然と消え去っていた。

耳に聞こえてくる音を安全確保のレーダーにしていた彼はその静寂に戸惑い、焦るしかなかった。

……耳が痛くなるほどの静寂。

（一体どうなってるんだ？　……何が起きてるっていうんだ？）

彼は静寂に耐えられなくなり、木の上の寝床から周囲を見渡した。

その瞬間、彼はヒッという小さな悲鳴をあげてしまい、反射的に自分の口を手で塞いだ。

彼が横になっている大きな木の下に誰かが立っていた。

そいつが顔を上に向けて、彼がいる場所を見つめている。

(どうなってるんだ？　人間ならばこんな高い木の上にいる俺に気付いたりしない。だけどあれは人間にしか見えない。いや、そもそもこんな暗闇でライトもなしに人間の視界が確保できるわけがない。だとしたらコイツも俺も何を見ているんだ？)

しかし、本当に恐ろしいのはそんなことではないことに彼は気付いてしまう。

時計を見ると時刻は既に午前二時半を過ぎていた。

そんな真夜中に一人で山の中を歩いている者などいるはずがなかった。

……ライトも持たずたった一人で。

彼は全身に鳥肌が立つのを感じ恐怖した。

クマに遭遇したほうがマシだと本気で思ったという。

彼は戦慄しながらも体勢を立て直し、近くに置いてあったサバイバルナイフを握った。

ナイフを手に取ったことで少し気持ちが落ち着いた彼はすぐにまた下方を覗き込む。

木の下に立っているのは髪の長い女だと確認できた。

漆黒に浮かび上がるような真っ白なワンピースを着た女が、大きく目を見開いて彼の方を凝視していた。

普通に街中ですれ違ったとしたら特に気に留めることもない容姿の女だ。

身長も身なりも何も変な部分はなかった。

しかしその普通さが逆に恐ろしく感じた。

彼がいるのは深い山の中なのだ。

そんな軽装で分け入って来られるはずもなかったしこんな夜中にたった一人で歩き回れるわけがなかった。

その時の彼の脳裏には一つの仮説が浮かんでいた。

……もしかして、この女は自殺志願者じゃないのか？　自殺をするためにこんな山奥に入って来たんじゃないのか？　そうだとしたらなんとか説明も付く。

……自殺者ならばどんな山奥にだって恐れることもなく入って来るだろう。誰にも見つからずに死ねる場所を探しているんだから。軽装なのもそれで説明がつく。きっとこの女は好きな服を着て死に場所を探しているに違いない。そうして首を吊るのにちょうどいい木を探し歩いていて、偶然木の上にいる俺に目が留まった。そうだ……そうに決まってる。

でも、だとしたら俺はどうすれば良いんだ？　声を掛ければ良いのか？　それともこのまま沈黙を守れば良いのか？

そんな思考が頭の中をグルグル回っていた。

確かに自殺志願者と考えれば気持ち悪かったが、それでも先程まで感じていた未知への恐怖は払拭できた。

それでも彼は、今ここで自分はどうすれば良いのか？　を真剣に考え続けていた。

第一に、相手が自殺志願者だとしたら下手な対応はできない。

自分が女性にとって最後に出会った人になるなど勘弁してほしかった。

しかし次に聞こえてきた奇声に彼は再び恐怖へと突き落とされた。

女が初めて声を発したのである。

その声は震えているようでとても低い声だった。

彼の耳にはこう聞こえたという。

「ハムカノムカ……ハムカノムカ……」

『ノムカ』が『飲むか』だということはすんなり頭に入ってきた。

『ハムカ』の意味がわからなかった。

しかし、よくよく思考を巡らせ『ハムカ』は『食むか』なのではないかと気付いた時、彼は全身からどっと冷や汗が噴き出すのを感じた。

食むか飲むかって……一体何を食むんだ？　そして何を飲み込むんだ？

あいつは何を食むか飲むかで迷っている？　……一体何を？

まさか……俺なのか？

この女は俺を食もうか、それとも飲み込もうかと思案しているっていうのか？

いやこの女は俺を食おうとしてる。だとしたらこいつはそもそも人間なのかよ？

そんなことばかりを考えていると恐怖で思考が停止しどんどん息苦しさだけが増していく。

……どうする？　どうすれば助かる？

彼は体格も良く、体も鍛えており、体力でも喧嘩でも誰にも負けたことはなかった。

そんな自分が眼下のたった一人の女に恐怖して何もできないことに情けなさを感じた。

しかし、その時の彼はもうその女のことを人間だとはこれっぽっちも思ってはいなかった。自分は山の怪《あやかし》か幽霊の類に遭遇してしまった。だとしたら、どんなに情けない方法でも死に物狂いで命だけは守らなければ……！
そう気持ちを奮い立たせた。
彼はできるだけ音を立てないように木の幹を上の方へと移動し始めた。
音をたてないことを最優先させながら少しずつ少しずつ。
そうして更に高い所まで登りついた彼は少しだけホッとして息をついた。
もう木の下からの声は聞こえなくなっていた。
……もしかしてあの女はもうどこかへ立ち去ってくれたのかもしれない。
そう思った彼の耳に突然あの声が聞こえてきた。
「ハムカノムカ……ハムカノムカ……」
その声はさっき聞こえてきたよりも明らかに近くから聞こえた。
「えっ！」
驚いた彼は思わず下方を覗き込んだ。
そこには大きな真っ白い顔があった。
ほんの一メートルほど下方に無表情な女の顔が浮かんでいた。
大きく裂けた口は耳元まで裂けており、一口で彼を飲み込めるほどだった。

「ヒーッ！」

彼はもう声を抑えることも忘れて悲鳴をあげ、その場で固まるしかなかった。

……もう逃げ場はない。

そんな絶望感が頭の中を駆け巡ったが、彼は必死にその感情を消し去ろうともがいた。

少しでも抵抗できるだけの気力をなんとか持ち続けようとした。

そうしなければ気が狂ってしまいそうだった。

しかし、そんななけなしの抵抗も、幹の影から二本の細い手が伸びてきた瞬間に潰えてしまった。あとは真っ暗な闇に意識が落ちていくだけ……。


意識を失った彼が目覚めたのは朝になってからのことだった。

……なんとか命があった。

そう感じた彼がとった次の行動は命からがら山から逃げ下りることだった。

そして自分の体に沢山の噛み痕が付けられていたことに気付き、再び恐怖することになった。

ちなみに彼が恐怖体験をした山ではそれから数日後、女性の自殺体が発見されたそうだ。

しかし、その女性とあの夜の女が同一人物なのかはわからない。

いや、アレが妖怪の類なのか、それとも幽霊の類なのかもわからないという。

そんな彼に対し、俺は知り合いの霊能者に頼み込み、強い念を込めた護符を作ってもらいその数枚を手渡した。

……このままでは絶対に終わらない。

そう強く感じていたから。

だが、そんな恐ろしい体験をしたというのに彼はそれからも山の奥で泊まることをやめなかった。

まるで何かにとり憑かれているかのように山へ向かう。


つい先日、知り合いの霊能者から連絡がきた。

「あの護符はもう意味がなくなりました。残念ですがKさんのご友人は助かりませんでした。もうあちらのモノになってしまった。今はまだかろうじて生きていますが、いつまで持つか……。だからそのご友人が再びKさんの前に現れたとしたら絶対に会ってはいけませんよ？　それはもうKさんのご友人ではありませんから」と。

朝が来ない

岐阜県にお住まいの澤田さんは現在三十四歳の独身女性。

現在、両親の援助を受けながら古いアパートの小さな部屋で細々と暮らしている。

両親からは、「どうせなら実家で一緒に暮らせばいいじゃないか！」と何度も言われているが、彼女はそれを拒否し続けている。

アパートからの距離も近く、部屋も空いている実家で両親と暮らせば生活は楽になるのというのは、彼女も同じ考えだ。

しかし彼女は、それだけは絶対にできないのだと辛そうに言う。

どうしてそこまで頑なに両親との同居を拒み続けるのか？

それには深い理由がある。

実際のところ、両親のお金に頼りながら同居の勧めは断り続けている自分が本当に情けなく嫌になるそうだが、それ以上に彼女には譲れない思いがある。

それは……両親の朝まで奪いたくはないということ。

最初、そう聞いた時には思わず聞き返してしまった。

「太陽があり地球の自転がある以上、どんな人にも平等に朝はやって来るものではないのですか？」と。

――もしかしたらこの女性は精神を病んでしまっているだけなのではないのか？

ついそう思ってしまった。

しかし、彼女には精神的疾患を患った過去も現在もない。

それは健康に異常がないという理由で、生活保護の申請をあっさりと断られたことからも窺い知れる。

どうやら彼女は数年前まで当たり前のように会社勤めをし、家庭を持ち、幸せな暮らしを送っていたらしいのだ。

それがどうして現在のような生活を送っているのか？

そして、「朝が来ない」というのはどういう意味なのか？

それについて少しずつ紐解きながら書いていきたいと思う。

彼女は銀行員の父と看護師の母の次女として生を受けた。

それなりに裕福な家庭で、二歳離れた姉と仲良し姉妹として沢山の愛情を注がれながら育った。

小中高と地元の学校に通い、大学は名古屋市内の私立大学へ通った。

大学卒業後、すぐに地元の会社に就職し、そこで出会った夫と五年後に結婚。

岐阜市内のマンションで新生活を送っていた彼らは、平凡ながら充実した日々を過ごしていた。やがて子宝にも恵まれ、一男一女を授かった。

ただ、今思い出せばその頃の彼女はいつもこんなことばかりを考えていた。

……こんなに幸せで申し訳ないな。

……このまま時間が止まってくれたらいいのに、と。

そんな彼女はある夜、不思議な夢を見た。

真夜中に誰かが玄関のチャイムを鳴らした。

家族は誰もその音に気付かず、彼女は仕方なくひとり起き上がると玄関へと向かった。

いつもなら先に玄関モニターで確認するところだが、夢の中の彼女はそのままチャイムに導かれるように玄関へと向かう。だが不思議なことに、ドアを開ける前から玄関の外に立っているのが見知らぬ中年の女性であるとわかっていたそうだ。

女性は何も言わず郵便受けの中に何かを入れた。

彼女はすぐにそれを取り出した。

入っていたのは二つに折られた白い和紙で、彼女は内容を確認しないままそれを手の中に収めた。

中年女性は彼女が受け取ったのを見届けると、無言で玄関前から立ち去った。

彼女もそのまま布団に戻り、再び朝までぐっすりと眠った。


——そんな夢。


翌朝目覚めた彼女は、夢の内容をはっきりと覚えていたが、変な夢を見ちゃったなぁ、という感覚でしかなかった。

しかし通勤時、バスの中で財布を確認した彼女はその場で動きが停止した。

財布の中に、夢で見た白い和紙が入っていた。

夢だと信じて疑わなかった彼女はそれを見て固まるしかなかった。

しばらく思考停止していたが、ハッと我に返り慌てて和紙を広げて内側を確認した。

別段、何もない。

いや、薄っすらと何かの文字が書かれていたらしいが、彼女はそれをしっかりと確認しなかった。

理由は……怖かったから。

だが、もしその時点で薄っすらと浮かび上がっていた文字をしっかりと覚えていたら最悪の結末にはならなかったのかもしれない。

和紙に浮かび上がっていた文字は翌日には完全に消えてしまい、更にはその翌日には和紙そのものが財布の中から忽然と消えた。

ずっと財布の中に入れてあったのだから、なくなるはずがないのに。

その翌日からだ。

……彼女に朝が来なくなった。

別に彼女が別の世界に行ったわけではない。

周囲には普通に朝が訪れていることは、家族の様子や家の外から聞こえてくる騒がしさからも感じられる。

それなのに彼女にだけは朝が来ていない。

彼女だけが漆黒の闇の中にいる。

暗闇の中、全ての物がグレーに見えている。

暗闇の中、全ての物が冷たくて怖い存在になっている。

最初はただの悪ふざけだと思っていた家族も、彼女の動揺から事態を把握した。

しかしどれだけ誠心誠意尽くしてもどうすることもできなかった。

慌てて病院へ連れていったが何も変わらなかった。

視力に異常はなく、脳にも異常はなかった。

勿論、細かい精密検査も行ったがどこにも異常は見つからない。

彼女は精神科に最後の望みを託したが、やはりどこにも異常など見つからなかった。

途方に暮れた彼女と家族はそれでも解決策の糸口を必死に探して足掻いたが、結果として良い方向に向かうことはなかった。

彼女は仕事もできず、家事もできず、家の中で寝ていることしかできなくなった。

そんな彼女をなんとか支えようとする家族との溝もどんどん深くなってしまい、やがて彼女は夫と離婚、二人の子供たちも夫が引き取ることになった。

それは彼女にとっても、家族にとっても致し方ないことだったのかもしれない。

ただ彼女はそれからもずっと抗いながら出口を探し続けてきた。
スピリチュアルなものに頼り、お祓い、除霊など考えられるものは全てやってきた。
それでも二度と朝が来ることはなかった。
それどころか暗闇の中で声が聞こえるようになった。
……こんばんは。
その声は夢の中で訪ねてきた中年女性に違いないと彼女は確信しているそうだ。
声が聞こえてくる頻度はどんどん増えていき、最近はずっと聞こえ続けている。
彼女はもう抗うことすら諦めてしまった。
ずっと続く夜の中だけで生きている。
……いつか朝が来てくれることだけを信じて。

誰か解決策を知りませんか？
どうやったら再び彼女は朝を迎えられるのでしょうか？
そして――
あなたには、ちゃんと朝は来ていますか？

朝はちゃんと来ていると思っているあなた。
それは本当に朝ですか？

あとがき

本著をお買い上げいただき、心から御礼を申し上げます！

「本当にありがとうございます！」

数えてみると、これが十三冊目の単著になる。

我ながらよく続いているものだと感心してしまうが、一冊目の単著からずっと変わらない思いがある。

それは自分自身の文章力には全く自信を持っていないということ。

私もそれなりに努力はしてきたつもりだが、他の名だたる怪談作家の先生方とは比較対象にすらなっていないのは私が誰よりも自覚している。

それでも書き続けているのは貴重な怪異体験を寄せてくれる沢山の読者さんの存在があるからに他ならない。

取材しているだけで息苦しくなるような恐怖の原石の恐ろしさを、劣化させずにそのまま読者さんまでお届けしたい！

その熱意だけに関しては誰にも負けたくない！

そして恐怖の原石をいかに調理するかも作者だけに許された自由なのだと信じている。

そういう意味では、この三冊目の怪談禁事録は、選ばれた恐怖の原石を最高の調味料と手間をかけて長い時間グツグツ煮込んだ末に完成していると自負している。

あとは読んでいただく際の環境や時間帯というトッピングを加えて完成させていただけるなら、作家冥利に尽きるというものである。

私的な話になるが、健康上の理由からいつまでこうして怪談を書き続けられるのかが、私自身にもわからない。

そういう意味では私にとって、この本はとても貴重なものとなっている。

なにしろ思うがままに時間をかけて悔いのないレベルに仕上げることができたのだから。

だから本著に多大なご尽力を頂いた竹書房のO女史、校正にご協力いただいたまぐらん様と家族、そして何より、この本をお手に取っていただいた読者さんにも感謝しかない。

本著でも自分なりに新しい試みを試している。

それは些細なものかもしれないが、確かに私の挑戦なのだ。

それがおわかりになったなら一瞬ニヤッと不敵な笑みを浮かべ、そのまま読み進めていただきたい。

そのなかで何か新しい恐怖を感じていただけたら、私にとって最高のごちそうになる。

次作への意欲という栄養源として！

二〇二四年師走　　　　　　　　営業のK

★読者アンケートのお願い

本書のご感想をお寄せください。アンケートをお寄せいただきました方から抽選で5名様に図書カードを差し上げます。

（締切：2025年1月31日まで）

応募フォームはこちら

怪談禁事録　朝が来ない

2025年1月3日　初版第一刷発行

著者……………………………………………………営業のK

カバーデザイン……………………………………橋元浩明（sowhat.Inc）

発行所……………………………………………………株式会社　竹書房

〒102-0075　東京都千代田区三番町8-1　三番町東急ビル6F

email: info@takeshobo.co.jp

https://www.takeshobo.co.jp

印刷・製本……………………………………………中央精版印刷株式会社